― 書き下ろし長編官能小説 ―

つゆだく食堂

京都の雪肌

伊吹功二

竹書房ラブロマン文庫

目次

この作品は、竹書房ラブロマン文庫のために
書き下ろされたものです。

プロローグ

高垣優子、三十五歳。大手居酒屋チェーン『美味し庵』東京本社で商品開発部部長を務めるキャリアウーマン。類い希なる美貌を武器に、これまで幾多の男たちを惑わせてきた魔性の女でもある。

その優子が、自分のデスクで頭を抱えている。

「まったく人事部のタコ助が――」

役員会議を思い出し、奥歯を噛みしめる。人事部長が増員した商品開発部の生産性を、したり顔で非難してきたのだ。

キッチンの要だった谷崎室長が引退して二年。チェーン店拡大もあり、商品開発部のキッチンはメンバーを増強していた。もちろん採用に関しては人事部も協力してきたわけだが、ここにきて人件費率増大の責任を優子一人に押しつけようとしているらしい。

「そうはさせるか――見てろよ、タコ助」

優子は口の中で呪詛を唱えると、顔を上げた。

デスクの前に仕切りはあるが、首を伸ばせばキッチンが見渡せる。商品開発部の実働部隊、すなわち料理人たちは、今日も黙々とメニュー開発に勤しんでいる。

優子が無言で眺め渡していると、こちらに気付く者がいた。チーフだ。目顔で会釈してきたが、彼女は無反応のままスルーした。

そこから少し離れた作業台に目当ての男はいた。

「翔くぅん、ちょっと手空いてる？」

「これは優子部長。仰せのままに」

呼ばれた優男はわざとらしく大げさに会釈をしてみせる。見え見えの追従に周りは嘆息するが、あえて口を出す者はいない。

設楽翔、二十七歳。店舗のキッチンで調理担当をしていたが、半年ほど前に腕を見込まれ、本社に引き抜かれた若き料理人。将来を嘱望される才能の持ち主で、しかも女を惑わすイケメンでもある。

その翔が、いそいそと優子のもとへ馳せ参じる姿を目で追う者がいた。

「――チーフ、聞いてます？　切り終えたんですけど」

「え……？　あ、ごめん。うん、それでいいよ」

部下の声に寺井良介は我に返る。三十二歳、谷崎前室長直系としては最後の弟子であり、現在はチーフとしてキッチンを統括する立場にある。

ちなみに、後輩の広瀬瑠璃とはあれから一年ほど付き合ったが、同じ料理人だったためか衝突することが多くなり、自然消滅してしまった。その後、瑠璃は会社を辞めて他社へ移っていった。

去って行く者があれば、やって来る者もある。翔もその一人だ。メンバー拡充に伴って部下が増えたものの、良介はチームリーダーとして自信が持てなかった。とくに翔のように才能あふれる部下からすれば、凡人の自分など洟も引っかけない態度をとられても仕方ない気がしていた。

（料理だけやっていられれば楽なのに――）

そっとため息をつきながら、優子の席を見る。どうしても気になってしまうのだ。

優子はチェアを回転させて、ストッキングの脚を組んでいる。

「翔くんが出した例のデザート企画ね、総務の女の子たちにも大好評だったわ」

「それは光栄です。部長はいかがでしたか」

自信に満ちた笑みを浮かべ、翔は気楽な姿勢で立っていた。

すると優子も笑みを返し、ゆったりと背もたれに身を預ける。

「ああ、あのパフェ。思い出すだけでウットリしてきちゃう」

彼女は言うと、記憶を辿るように目を閉じる。だが、同時にハイヒールを脱ぎ捨て、つま先をピンと伸ばして彼の内腿を擦り始めた。

「お酒の後に、至福のひとときだったわ」

「優子部長に喜んでいただけて幸いです」

足が鼠径部まで達しても、翔のイケメン面はピクリとも動かない。

優子は目を瞑ったまま、やがて股間の肉塊を足で弄り回していた。

「そうだ。翔くんのデザートをメインにした店舗を作ってもいいかもね」

「そのときは部長にディレクションをお願いできますか」

公衆の面前であり、最低限の距離は保たれているものの、今にも舌を絡め合いそうな熱っぽさだ。

（もう見ていられない――）

良介は思わず目をそらした。少し前までなら、翔のポジションには自分がいるはずだった。優子に翻弄されている間は嫌でたまらなかったのが、いざ別人に取って代わられるとなぜか悔しいのだ。

(男として焼き餅を妬いている？　……まさか)

優子に対して恋愛感情はない。それだけはハッキリしていた。だが、それならなぜこんなにも胸がモヤモヤするのか。

良介がボンヤリ考え込んでいると、知らぬ間に優子がそばにいた。

「ボケッとしてんじゃないわよ。あなたはみんなの手本にならなきゃいけないんだからね、チーフ」

「あっ、部長……」

「あっ、部長。じゃないわよ。寺井、喜びなさい」

優子の顔は笑っているが、まっすぐ見据えられた目が鋭い。彼女がこういう顔をするときは、たいていロクなことじゃない。良介に緊張が走る。

「なんでしょうか」

「また出張よ。今度は京都に行ってもらう」

「京都ですか……」

「何よ。なんか困ることでもあるの」

「いえ……新メニュー作りの旅ですね」

「決まってるでしょ？　しかも、今回はラッキーね。こっちもメンバーが揃っているから、あなたは気兼ねなく出張に集中してちょうだい」

こうして例のごとく、新メニュー作りの長期出張命令が下されたのである。

「わかりました。京都は料理の宝庫ですから、しっかり勉強してきます」

良介もサラリーマンだ。上司の命令があれば、どこへでも飛ぶ。しかし強がりは言ってみても、彼には不安があった。自分が不在の間、キッチンはどうなるだろうか？知らないうちに翔にキッチンを奪われやしないだろうか。揺れる心を抱えたまま、良介は旅立つことになった。

第一章　京の出会いと牛カツカレー

朝早くに良介は新幹線に乗った。平日のため、周りもスーツを着たビジネスマンが多い。カジュアルな服装の彼はともするると優雅なレジャー客にも思われそうだが、席に着くなり、ほかの勤め人と同じように寝入ってしまう。

昨晩は眠れず、調べ物をするうちに明け方近くになっていた。そのくせ、これといったテーマは見つけられなかったのだ。

京都までの二時間強はあっという間だった。

「もう着いたのか」

車内アナウンスに促(うなが)され、良介は荷物を持って新幹線を降りる。

京都駅に降りるのも久しぶりだ。吹き抜けになった広大な駅コンコースは相変わらず近未来的だった。二階のドーナツカフェでは出勤前や外回り中のモーニング客で賑(にぎ)わい、直通のデパートへ足早に向かう人も見られる。

それまでボンヤリしていた良介だが、駅を出て冷たい外気に触れたとたん、一気に目が覚めてくる。

「気合い入れなきゃな」

今回の出張が、自分にとっても正念場だと分かっている。東京の様子は気になるが、京都に来たからには成果を出す使命があるのだ。とくに翔に侮(あなど)られないようにするためにも、ここら辺で実力を示しておかなければならない。

「よし、まずはテーマを固めよう」

良介は自分で両頬(りょうほお)をはたき、気合いを入れた。ひとまずはホテルで荷を解(ほど)き、調べたデータを整理しよう。奮(ふる)い立った彼はタクシーに乗り込む。

「〇〇ホテルまでお願いします」

「はい、〇〇ホテルですね。かしこまりました」

タクシーは滑るように走り出す。駅周辺は混雑しているが、かえってゆっくりと街の雰囲気を感じることができた。

古都、京都。中学生時代に修学旅行で訪れたときにはそれくらいのイメージしかなかったが、こうして街を走っていると、大きな商業施設やオフィスビルが建ち並ぶ大都会でもあるのがよく分かる。

「お客さま、到着しました。〇〇ホテルです」

「ありがとう。領収書をもらえますか」

三回目ともなると、出張旅行も慣れたものだ。良介は料金を支払うと、ホテルのエントランスに立った。ロビーも広く、なかなかいいホテルらしい。

ところが、フロントでトラブルが発生した。予約が取れていないというのだ。

「お客さま、申し訳ございません。寺井さままでのご予約は承っておりません」

「そんなわけないでしょう。一週間前には予約を入れているはずなんです」

頑なに言い募る客に、ホテルマンは嫌な顔一つ見せず、ふたたび予約モニター画面を操作する。

「改めて寺井さま、美味し庵さまの両方でお調べしましたが、やはりご予約は入っていらっしゃらないようで……」

ホテルマンの気の毒そうな顔を見て、良介もついにあきらめた。

「そうですか。空き室もないようだし、仕方ないみたいですね」

「またのお越しをお待ちしております」

ホテルを出た良介は思わず嘆息した。

(京都に着くなりこれかよ……)

ミスの理由はハッキリしていた。翔だ。出張前、チーフの仕事で忙しい良介を見て、翔が代わりにホテルの予約手続きを申し出てくれたのだ。そのときは良介も翔の殊勝な態度に密かな満足を覚えたものだから、なお悔しい。

「あンの野郎——」

一人唸ってみせるが後の祭り。翔のミスがわざとであろうがなかろうが、いきなり出鼻を挫(くじ)かれたのは事実である。

しかし、いつまでも怒っていてもしょうがない。ホテルが取れていなかったからといって、新メニュー作りまであきらめるわけにはいかない。

そこに思い至ると、空腹を覚えた。そういえば、朝から何も食べていない。

「蕎麦屋か……」

歩き出してすぐに目にとまったのが蕎麦店だった。関西というと、うどん文化圏の印象があるが、京都にも有名な蕎麦がある。

「にしんそば一つください」

店に入るなり、良介は注文した。にしんそばといえば、昔ながらの京都ご当地グルメであり、修学旅行のときに食べた思い出の味でもある。

「にしんそば、お待たせしました」

「おお、これこれ。懐かしいなあ」

美味い料理があれば憂さも忘れる。良介は目の前におかれた丼に目を奪われていた。

澄み切った出汁に色白の蕎麦が盛られ、甘辛く煮付けられたニシンが品良く添えられている。青葱は小皿に別盛りだ。

良介は青葱を投入すると、蕎麦を勢いよくかき込んだ。

「うん、やっぱり出汁が利いてるな。香りが違う」

関西らしく出汁の強いつゆは風味が豊かで、口当たりの柔らかさと同時にパンチの効いたコク味を醸し出している。煮付けたニシンの甘辛さもほどよく、しょっぱくなった口がさらに出汁を求める。

「美味い。間違いないな、これは」

さすが長きにわたり名物とされるだけはある。丼はあっという間に空になり、良介は最後の一滴までつゆを飲み干していた。

「ごちそうさま」

腹がくちくなると気も落ち着いてくる。蕎麦で身も心も温まった良介は、腹ごなしがてら大通り沿いをのんびりと歩いていた。

するると、歩道で荷運びに苦労している女性を見かけた。道端にある店から大きなバットを重ねて車まで運んでいるのだが、荷が大きすぎるのか、どうも見ていて足元が怪しい。

「手伝いましょうか」

思わず良介が声をかけると、女性は立ち止まって彼のほうを見た。

「ご親切さま。でも、すぐですし、大丈夫です」

女性は笑顔を向けていた。良介はその笑顔を見た瞬間、心臓を打ち抜かれてしまう。

相手はキャップを被り、作業服のようなジャケットを着た、ろくに化粧っ気もなく、普通なら見過ごしてしまいそうなアラフォー女性だった。しかし、端整な顔立ちが醸し出す上品さは隠しきれず、屈託のない笑みに秘められた悲哀と色香は男心をくすぐるものがあった。

「どうせ通りがかりですし、手伝わせてください」

良介には珍しく、気がつくと半ば強引に荷運びを手伝っていた。

作業をしながら女性は汐見真緒と名乗った。バットの中身はうどんなのだという。

ワンボックスに荷物を全部載せると、彼女は言った。

「ほんまに助かりました。ありがとうございます」

「いえ、本当にたいしたことしてないですから」

「あれ？　寺井さんって、もしかして東の人？」

「ええ。実は東京から出張で来ていて――」

良介が事情を話すと、真緒は自宅へ寄って行けと言い出した。

「ほんまにこのすぐ近くやし、ホテルも取れへんかったんでしょう？　お礼らしいことなんかできひんけど、お茶くらい飲んでって」

「そうですか。じゃあ、お茶だけでもご馳走になるかな……。それに正直、汐見さんのお店も気になりますし」

「じゃ、決まり。乗って」

「はい。お邪魔します」

真緒は自宅でうどん店を営んでいるという。ホテル云々（うんぬん）はともかくとしても、良介としては地元飲食店に興味を引かれる。とはいえ、何より関心があるのは彼女自身のほうだった。

真緒の家は一階がうどん店、二階が住居となっている一軒家だった。

店から入っていくと、厨房では若いスタッフが開店準備に勤しんでいる。

「とりあえず二階へどうぞ」

「お邪魔します――けど、お店の開店前でしょう。忙しい時にいいんですか」

「麺が揃えば、あとは大体できているから。バイトの子もいてくれはるし」

真緒はそう言って彼を居間へ通した。

すぐに真緒は言った通りにお茶を出してくれて、二人はしばらく談笑に興じる。彼女は真緒は良太の東京での仕事に興味を持ったようで、あれこれと料理についての話題に花が咲いた。

やがて話が一段落すると、真緒は湯呑みを手にして、気遣わしげに言った。

「ところで、宿はどうします？　これから、市内のホテルを取らはるんですか？」

「ううん……どうしたものですかね」

飛び込みでも取れなくはないだろうが、当日の宿を押さえるのは高くつくし、出張のあいだ同じ宿に泊まれるとも限らない。

良太が困り顔をしているのを見た真緒が、優しく声をかけてきた。

「寺井さん、良かったら出張の期間中、うちに泊まらはります？　狭いとこですけど」

「えっ」

望外の申し出に、良太は思わず絶句する。もちろんありがたいことこの上ないが、見ず知らずの自分などを本当に民泊させてくれる気なのだろうか。

戸惑いの顔を見せる良介に、やんわりとした表情で真緒がうなずいた。

「なんやお困りのようやし、こうしてお話ししてみて、悪いお人やとは思えへんもの。それとも、ご迷惑やったろか？」

「とんでもないです、すごくありがたいですのですが、そこまで甘えてしまっていいものか……。そうだ、泊めて頂く間、お店の手伝いをさせてもらえますか」

良太としては、せめてもの恩返しにと思ったのだが、真緒は首を横に振った。

「そうね……ううん、やっぱりそれはあかんわ」

「どうしてです？　これでも一応、皿洗いくらいはできるつもりですけど」

「うん。そういうことやないんやけど――」

帽子を取った真緒は髪を引っ詰めにしていた。長いまつげは天然のものらしい。今年で四十になると言っていたが、顔かたちの輪郭の良さは、彼女をひと回りは若く見せている。

「だって寺井さん、東京の大きな会社で料理人をしたはるんでしょう。うちにはバイトの子もおるし、寺井さんみたいな一人前の職人さんが皿洗いしはるとか、やっぱりあきません」

「いや、でも――」

実は居間に入るなり、良介は位牌があることに気がついていた。写真の感じからすると彼女の夫だろう。つまり真緒は未亡人なのだ。そんな彼女から、いきなり泊まっていけと言われれば、良介ならずとも二の足を踏むに違いない。

だが、真緒は割り切っていた。

「部屋が一つ余っているし、何もタダとは言ってません。ほんの気持ちだけでも宿泊代を置いてってくれれば、うちも助かるねんかぁ」

「そうですか……そういうことなら、お願いしちゃおうかな」

「そうし。と言っても、うちも店があるし、ホテルみたいに食事の用意なんかはようしーひんのやけど」

「十分です。本当に助かります」

こうしてミスと偶然が重なり、良介は真緒の家で奇妙な形ながら民泊生活を送ることになったのである。

京都での初めての朝を良介は未亡人の家で迎えた。薄暗い部屋で目覚めると、布団のすぐそばに積まれた段ボール箱が見える。

「半分倉庫に使(つこ)てんの。狭くて堪忍(かんにん)ね」

部屋に案内するとき、真緒がそう言っていた。段ボールの中身は、割り箸など店で使う消耗品のようだ。二階は居間兼台所を含めて三室しかない。手狭になりがちなのは当然だ。もう一つの部屋は、彼女の寝室というわけだった。

しかし、段ボールの山の下には別の物もあった。小ぶりだが重厚感のある木製のデスク。価値は分からないが、アンティークで質実剛健なデザインは、およそ女性が選ぶ物とは思えない。

(亡くなった旦那さんの書斎だったのかな)

そう思うと気が引けるが、すぐ隣の部屋で、四十路の匂い立つような美熟女の真緒が寝起きしているかと思うと、自然と胸が高鳴ってしまった。

そんなこんなで昨夜はあまりよく寝付けなかった。これで二夜連続だ。

「そんなこと言ってる場合か。今日から気合い入れなくちゃ」

良介はおのれを励まし、思い切って布団をはねのけた。

居間へ顔を出したが、真緒はまだ起きていなかった。うどん店の営業時間を考えると朝は遅いようだ。

「行ってきます」

身支度を調え、置き手紙を残すと、良介は外出した。

食べ歩き初日ということで、まずは地元をよく知る人をお願いしてあった。出張前に京都在住の同級生に頼んで、案内してくれる人と待ち合わせていたのだ。

駅前で待っていると、スマホ片手に周囲を見回す女性を見つけた。

「おーい、こっちです」

「あー、寺井さん？」

小走りに駆けてきたのは、オフィスワーカー風の若い女性だった。

女性は白い息を吐き、良介の五十センチほど手前でピタリと止まる。

「ごめんなさーい。待ったはりました？」

「いえ、僕も今着いたところですから」

本当は十五分くらい待っていたのだが、そんなことはどうでもよくなっていた。良介は目の前の女性に見惚(みと)れてしまう。

すると、女性は思い出したようにハンドバッグから名刺入れを取り出す。

「申し遅れました。地元コミュニティＦＭでＤＪしてます、山本佳波(やまもとかなみ)と申します」

「『美味し庵』という居酒屋で商品開発をしております、寺井良介です」

良介も慌てて名刺を渡すと、佳波はそれをジッと見つめた。

「岩尾(いわお)さんから聞いてます。それに『美味し庵』も好きでよく行くんですよ。前にあった北海道フェア。値段もえらいお安くて、どれも美味しくて最高でした」

「あー、そうでしたか。それは——ありがとうございます」

北海道フェアといえば、前回の出張で考案した新メニューが好評で、キャンペーン自体も大成功したのだった。しかし、実際の客から改めて褒められると、しみじみ苦労した甲斐があったと思う。

佳波は名刺をバッグにしまうと言った。

「さて、じゃあ早速、錦市場にでも行きましょか」

案内人としての佳波は優秀だった。「京都の台所」と言われ、百三十店舗が連なる錦市場を歩きながら、要所を押さえて立ち寄ってくれた。

「鮮魚だけじゃなく、漬物やお惣菜も豊富なんですね」

「なにしろ『京都の台所』ゆうくらいやから。あと、お惣菜のことをこっちでは『おばんざい』って言うんですよ」

「へえ、『おばんざい』か。いいな」

さすがはラジオＤＪといったところだろうか。その意味では最初の「ファン告白」も、ゲストである良介を気分よくさせるためのリップサービスかもしれない。

ランチは、やはり佳波の案内で名物の「牛カツカレー」を食べることにした。

「京都ってね、意外と本格カレー激戦区だったりするんですよ」

「たしかに。ここに来るときも何軒か見ましたね」

カバーの敷かれたテーブルで差し向かいになったときには、良介の肩の力も大分抜けていた。

佳波は店内でハーフコートを脱ぐと、Vネックのカットソーにパンツスタイルになった。緩（ゆる）く巻いた髪を後ろで束ね、おでこは出してこめかみ辺りに髪束を垂（た）らしている。色白の肌に目と口元の赤味を強調した、今どきの若い娘のメイクである。

(何歳くらいだろう。二十五、六歳かな)

良介はそんなことを考えながら、キラキラ輝く目とよく動く唇を見つめていた。

そこへ待望の牛カツカレーがくる。

「うわあ、これは美味そうだ」

「でしょう？　ここのは本格インドカレーが苦手な人でも大丈夫やねんか。言うなれば、京風インドカレーやね」

佳波に促されて、良介はスプーンでまずはカレーを一口食べる。

「お？　スパイシーさはあるけど、酸味も効いてマイルドだ」

最初の口当たりはいかにもインドカレーだが、味わっていくと、ベースの酸味や煮込まれた野菜の甘味が前面に押し出されてくるのだ。

続けて厚切りの牛カツもパクリ。

「うーん。サクサクの中に牛肉の噛み応え。これで八百八十円は安い」

「喜んでもらえたならよかったわ」

良介の満足そうな表情に佳波も顔をほころばせる。

「けど、このカレーの深いコクというか、旨味は何だろうな……」

口の中で確かめる良介に、佳波は我が意を得たりと言った。

「出汁や。それが京風の秘密やねん」

「なるほど、出汁か——」

話題のランチを済ませた後は、佳波が車を出して天橋立まで足を延ばした。

天橋立は日本海に面する宮津湾にある名所。陸奥の「松島」、安芸の「宮島」とともに日本三景と称され、全長三・六キロメートルの砂浜に大小八千本の松が茂り、珍しい景観を生み出している。

「寒いからあんまり見られへんかったね」

「車からでも十分絶景だったよ」

そんなことを言い交わしつつ、ついでに近くの道の駅にも立ち寄った。

こちらは港が近いこともあり、日本海の海鮮が中心だった。市場に並んでいる魚や貝、エビ、カニなどはその場で捌いてくれるので、新鮮な味が楽しめる。良介は東西で扱う魚介の違いなどを確かめながら、興味深く見学した。

そうして店内を眺めていると、佳波がふと思い出すように言った。

「そうだ。帰りがけに立ち寄ってみたいところがあるんやけど」

「いいよ。どこ？」

「最近若い人の間で流行ってる、オーガニック素材のハンバーガーがあるねんて」

「へえ、いいじゃない。じゃあ、今日は牛尽くしだ」

道の駅を出ると、車は京都市街へ向かう高速に乗った。ところが、佳波は市街に着く前に途中のインターチェンジで高速から降りてしまう。

助手席の良介が訊ねる。

「さっき言ってたハンバーガー屋さん？」

「うん、そうや」

だが、佳波が入っていったのは、入口が幕で覆われた建物だった。

一目でハンバーガー店でないと分かる、きらびやかなネオンに飾られた建物は、明らかにラブホテルだった。

「ちょっ……え？　どういうこと」

思いも寄らぬ展開に良介は言葉を失った。しかし佳波は何も言わず、車を空室のライトが点いたスペースに駐車する。

「ここからハンバーガーが注文できるようになっててんねん。京都の若い子たちは、みんなここへ来て食べんのやんかぁ」

そうあっけらかんと言われると、返しようがない。近頃の若者はラブホテルで女子会をしたりするらしいし、ここで下手にこだわれば、自分に下心があると宣言するようなものだ。良介はとっさに格好をつけてしまった。

「そうなんだ。なら、行こうか」

室内は小綺麗なごく普通のホテルだった。ダブルベッドにちょっとした応接セット、広々とした浴室にトイレ。片隅に小さな冷蔵庫があるくらいだ。

いきなりベッドはさすがに照れ臭く、なんとなく二人はソファに並んで座った。

佳波がテーブルにあったメニューを取り上げる。

「これやん、これが言ってたオーガニックバーガーの店」

「本当だ」

メニューには京野菜を生かしたハンバーガーが並んでいた。では、佳波が言っていたことは本当だったのだ。なぜか良介は当てが外れたような気がした。

(今日初めて会った相手だもんな。当たり前だろ)

自分に対する照れ隠しにそんなことを言い聞かせる。

ところが、ふいに彼女が言い出したのだ。

「寺井さんって、何フェチ?」

「え……」

二人でメニューを覗き込むようにしているため、顔の距離が近かった。一瞬目の合った良介はドギマギしてしまう。

「いきなりそんなことを言われても――」

身を硬くして俯く彼に対し、佳波は下から顔を覗き込むようにした。

「わたしは匂いフェチやねん。良介さんの匂い、嗅いでええ?」

「匂いを……」

そういう性癖があると聞いたことはある。良介も女の匂いは大好きだ。女性も男の体臭に興奮するタイプがいるのも分かる。

しかし、二十代半ばの美麗な女性に改めて「嗅がせてくれ」と言われて、身を差し出すような真似はしたことがない。三十二歳の良介としては、まだ自分の加齢臭に怯（おび）える年齢でもないが、気恥ずかしいことには変わりない。

「匂いって、どこ嗅ぐの」

「首筋の辺り。ええ？」

「今日一日歩いたし、汗臭いよ」

「だからええんちゃうん。お願い」

「――分かった。ちょっとだけだよ」

だが、最後には妥協した。本当に嫌なわけではないのだ。これがセクシャルな誘惑であることは間違いない。寄り添う佳波からは、ずっといい匂いがしていた。

「ちょっとだけ、な」

佳波はうれしそうに言うと、彼の首もとに鼻を押しつけてくる。

「くすぐったいよ、佳波さん」

「んー、男の人の匂いがする――」

良介のすくめる肩を佳波はしっかりと摑（つか）まえていた。浅く、忙（せわ）しない呼吸が生暖かい風となって首筋を撫でる。

見下ろせば、カットソーのVネックが広がり、きれいな鎖骨と、その奥にこんもりとした膨らみが見えた。

「か、佳波さん、マズいよ俺……」

股間に重苦しさが押し寄せてくる。だが、囚われの身となった良介はまだ自分から手を出せないでいる。

その間に佳波は虎視眈々と次のターゲットを狙っていた。

「なあ、服脱いでもらってええ？」

「うん」

もはや良介は言うなりだった。催眠術にかかったかのごとく、佳波の熱っぽい目と要求する言葉に諾々と従ってしまうのだ。

彼がシャツを脱ぐと、佳波は覆い被さるように体重を預けてきた。

「良介さん」

「ああ、佳波さん」

「腕を上げて——そう。片方でええの」

何をされるかは予想がついた。反射的に肉体が抵抗しようとする。ところが、燃え盛るような羞恥とともに、自分の全てを曝け出してしまいたいという、どこか後ろ暗い欲求がこみ上げてくるのも否めない。

ついに良介が文字通り降参の態度を示すと、佳波はすかさず腋に潜り込み、剛毛の中に顔を埋めた。

「んふうっ、男臭い」

「ちょっ……だったらやめ——」

「イヤや。もうちょっとだけ……ああ、ほんのり香ばしいのが好き」

可愛らしい顔に似合わず、佳波は鼻息も荒く腋臭を貪り吸った。

「うう……」

恥辱とともに言い知れぬ情欲が沸き立ってくる。

すると、佳波の手がズボンの股間に触れてきた。

「なんかこっちもムクムクしてきはった。良介さん、匂い嗅がれるんがええのん？」

「そういうわけじゃ……だって、そんな風にくっつかれたら」

「良介さんも、わたしの匂いを嗅いでるん？」

「うん。とってもいい匂いがするし、俺も——」

良介は彼女の顔を捕まえようとした。しかし、佳波はその寸前に彼の手をすり抜けてしまい、ズボンの上に顔を埋めた。

「すうーっ……んはあ、ズボンの上からでもエッチな匂いがする」

（か、佳波さんって、こんな人なのか——）

股間の臭気を深呼吸され、良介の全身の血がたぎる。フェラチオされるよりも、こちらのほうが数段恥ずかしい。

男の情けない声を耳にした佳波は、さらに興奮したのか、一層激しく股間に顔面をグリグリと擦りつけてくる。

「ンハアッ、ああたまらん。一日中でも嗅いでいたい」

「ハアッ、ハアッ」

すでに肉棒はパンツを押し上げて苦しいほどだった。これまで佳波のいいように弄ばれてきたが、もはや辛抱たまらない。

良介は呼吸を荒らげながらベルトを外し、一気に下着ごと脱いでしまう。

「佳波さん——」

「あっ……」

不意を突かれた佳波は驚く。まろび出た太竿は怒髪天を衝いていた。亀頭が先走りに濡れて、てらてらと光っている。

良介は彼女の顔を肉棒に押しつけるようにした。

「俺、もう我慢できない。直接やってくれ」

「キャッ」

一瞬黄色い声をあげる佳波だが、そもそも自分が仕掛けたことだ。さすがに拒否はしない。押し当てられるまま肉竿に頬ずりし、赤くルージュに染まった唇で竿肌にキスをしてみせる。

「んんっ、ふうっ。やっぱりダイレクトのほうがエッチな匂いがするわ」

「おうっ、うう……佳波さん、いやらしい」

やがて佳波は唇だけでなく、手や舌を使って肉棒を愛撫してきた。

「ペロッ……じゅるじゅるっ、ちゅぱっ」

舌遊びがまもなく本格的なフェラになり、しまいにはすっぽりと咥え込まれていた。

「ハアッ、ハアッ。おお……」

「オチ×チン、美味しい。先っぽからおつゆも一杯出てきた」

ソファに身を伏せた佳波は、小さな頭を上下に揺らす。

匂いフェチの話から、一気にここまできてしまった。良介は初めて見たときから佳波を好ましく思っていたが、まさかこんな展開になるとは予想していなかった。

「佳波さん」

顔の隙間から胸元に手を差し込み、ブラをめくって乳房をわし摑む。

「んはあっ、ダメ……」

指で乳首を押し潰すようにすると、佳波はビクンと体を震わせた。

「ハアッ、ハアッ」

良介は片手でしんねりと膨らみを揉(も)みほぐす。柔らかい。大きさは若干(じゃっかん)手に余るほどで、ＤかＥくらいだが、揉みくちゃにされるがままに形を変えた。風俗嬢でやたら硬い乳房の娘がいたが、あれは偽乳だ。それに比べて彼女の柔らかさは天然の証(あかし)であるともいえた。

「くちゅっ、ちゅぱっ、びちゅるるるっ」

佳波はＯの字に口を開いて、一心に肉棒をしゃぶっている。

いったいこの娘は何者なのだろう。一日一緒に過ごしたはずなのに、まるで見知らぬ人を見るようだ。昼間は人懐っこく、情報に敏感な明るい女性だが、ホテルに入ったとたん一個の淫獣(いんじゅう)に変身した。

あるいは、良介が気付かなかっただけで、最初から彼女はサインを出していたのかもしれない。

「あっちに行こうか」

ベッドを示すと、佳波はこくんと頷(うなず)いた。

良介はベッドに上がる前に邪魔な服を全部脱いでしまう。

そのそばで佳波もカットソーとパンツを脱いでいる。

「先に寝て待っとってな」

「うん。待ちきれないよ」

マットレスに転がりながら、良介は女の脱衣シーンを見守る。

佳波はパンツの下にパンティストッキングを穿いていた。上下はパステルブルーの下着で揃えられている。中途半端な着衣と脱衣の間の姿は、二十代後半という艶の乗り始めた肉体を一層なまめかしく見せている。

思わず良介は声をかけていた。

「そのままこっちにおいで」

「え――。別にええけど」

佳波はとまどいを見せながらも言うとおりにする。

仰向けになった良介の上に、下着姿の佳波が覆い被さる。

「なんでなん？　わたしの体、見たくないん？」

「ちがうよ。自分で脱がせたいと思ったからさ」

ほんの十センチほどの距離で目と目が合う。吐息が互いの顔にかかっていた。

「ふうん、良介さんってエッチやねんな——」

しゃべる途中で佳波は唇を重ねてきた。

ぷるんとした温もりが押しつけられてくる。

「……佳波さん」

「んふぅ」

しっとりした唇からは花のような香りがした。佳波がしがみついてくるので、柔肌の温もりも全身で感じられる。

「ふぁう」

たまらず良介は舌を歯の隙間からねじ込んだ。

佳波もすぐに応じて舌を迎え入れる。

「んふぁ……レロ……」

たっぷりと唾液(だえき)をたたえた舌と舌が絡み合う。顎の裏を撫で、歯の並びを数え、唇を甘噛みする。熱中すればするほどもっと欲しくなる、中毒性の高いゲームだ。

「んんっ……ふうっ」

そのうち佳波が逸物をまさぐってくる。硬直したままのペニスは飢え渇き、愉悦(ゆえつ)を求めていきり立っていた。

「あうっ、うう……」

逆手に扱かれ、良介は呻く。先走り汁があふれ出していた。

佳波は手を動かしながら、彼の耳たぶやうなじの辺りを甘噛みしている。

「ねえ、またオチ×チンが舐めたくなってきちゃった」

「いいよ。な、舐めて……ただ、あっち向きでお願い」

「あっち向き？　足のほうを向いてほしいんや。ええよ」

良介のリクエストに従い、佳波は尻を向けて上にまたがった。

眼前に現れたのは、ブルーのパンティーをまとい、ベージュのストッキングに覆われた尻だった。感激した良介は思わず両手で撫でさする。

「ああ、きれいなお尻だ」

「ああん、エッチな触り方」

佳波は高い声をあげながら、挑発するように小尻をぷりぷりと振ってみせた。

欲情した女の媚態に良介も我を忘れる。

「佳波さんっ」

呼びかけながらパンティーのクロッチに顔を埋めた。

先手を取られた佳波が喘ぐ。

「ああっ、熱い……」

「ふうっ、ふううっ」

鼻面にパンストのザラザラした感触を覚えながら、肺深く恥臭を吸い込む。繊維の一本一本に、女が一日活動した証が染みこんでいる。

やがてこれ以上は吸い続けられなくなり、呼吸を一気に口から吐き出す。

「ぷはああぁ……」

「んああっ、イイッ」

秘部に熱風を吹き込まれ、佳波は感極まったように腰を反らした。

だが、やられっぱなしの彼女ではない。勃起を摑まえたかと思うと、尖らせた舌先でカリ首の周りをぐるりと愛撫してきたのだ。

「ここ、好き？」

「はううっ……」

たまらないのは良介だ。痺れるような快感に思わず反り返りそうになる。佳波の舌使いは繊細で勘所を押さえていた。少しの愛撫でなんともやるせない気持ちにさせられてしまうのだ。

（本当にスケベな子だ）

ならばこちらも秘めた欲望を明らかにして返報としよう。

「佳波さん、こっちの足を持ち上げてくれる？」

「ぷはっ――え、どういうこと」

良介はとまどう佳波の片足を掴み、顔の前に持ってこようとした。しかし、それには膝を無理な角度に曲げなければならず、うまくいかない。

そこで仕方なく二人とも横倒しになる。向きは同じシックスナインの形だが、佳波が体を「く」の字に曲げて、彼の顔の前に足先がくるようにした。

「良介さんも匂いフェチやったん」

「実は、そうなんだ」

「ヘンタイ」

その一言で頭がカッと熱くなり、彼は佳波のつま先に鼻面を押しつけた。

「すうーっ、ハアッ。すううーっ、ハアッ」

「イヤッ。やっぱこんなんイヤや。恥ずかしい」

「うう、ちょっぴり酸っぱい」

「あーん、良介のいけず」

　佳波は身をくねらせ、足を引き抜こうとさえしたが、男の力には敵わず虚しい抵抗に終始する。しかし、嫌がる声には媚びが含まれ、本当は感じているのだと訴えかけてきた。

「すううっ、ハアアッ、すううっ、ハアアッ」

　足指を開き、鼻をグリグリ押しつけながら、心ゆくまで匂いを嗅ぎ続ける。

　だが、しまいには物足りなくなり、良介はつま先を口に含んだ。

「かぽ。ぐじゅぐじゅ、じゅるるっ」

「んはああっ、ダメえっ」

　身悶える佳波。ストッキングの足をねぶられることに最大の恥辱と悦楽を感じているのか、顔を真っ赤にして眉根を寄せている。おのずと脱げたのかブラは外れ、まろび出た片方の乳房を自分で揉みしだいていた。

「ふぁう、じゅるっ、じゅぽっ」

　良介は良介で、初めてする変質的なプレイに自分で興奮していた。女が一日靴を履いて歩き回った足には汗、皮脂、その他さまざまな雑菌や分泌物がまとわりついているはずだ。それを散々嗅いだあげく、口に含んで唾液塗れにしている。

（俺は変態だ）

二十代の頃の自分なら、決して踏み込まなかった世界だろう。しかしそう考えると、年を取るのも悪くない。欲望とは決して底に行き着くことはないのだ。

「佳波さんっ」

彼は起き上がると、パンティーごとストッキングを脱がせてしまう。

「ああ……」

佳波はなすがままだ。完全に身を投げ出し、恥毛と丘の膨らみが露わとなる。

割れ目が垣間見えた瞬間、良介はカッとなり頭から股間に突っ込んでいく。

「いやらしいオマ×コだ」

「あふっ、良介さん――」

媚肉に食らいつかれた佳波は身悶える。

良介は暗がりに顔を埋め、懸命に舌を働かせた。

「レロッ、ちゅるっ……びしゅるるるっ」

「はひっ……ダメぇ……」

「佳波さんのオマ×コ、美味しいよ」

太腿を抱え込み、濡れた襞肉に頬ずりする良介。花弁は熱い蜜を噴きこぼし、舌先で愛撫されて充血している。

「ハアッ、ハアッ、うま……じゅるっ」

ストッキング越しのときより、やはり牝臭(めすしゅう)は濃く感じられた。彼女がのたうつたびに大陰唇は捻(ねじ)れ、悦(よろこ)びに打ち震えているようだ。

良介は無我夢中で佳波を舐めた。

「ちゅぱっ。レロ……ずっとこうしていたい」

「んああっ、イイッ。上手よ、良介さんの舐め方」

「気持ちいい？」

「んあああっ」

舐める間に訊ねると、佳波は返事の代わりに脚をグッと締めつけてきた。

肉芽は硬く勃起している。良介は唇で挟み、思い切り吸い上げた。

顎を反らし、切ない声をあげる。

「びしゅるるるっ」

「はううっ」

とたんに佳波は身を縮める――かと思えば、腰を反らせてブリッジを作った。

「あああーっ」

良介は股間に顔を埋めつつ、女の喘ぎを心地よく聞いた。ジュースはとめどなくあふれてくる。

「ハアッ、ハアッ……じゅるるっ」

いくら飲み下そうともキリがないほどだ。蜜壺の準備は整っていた。

やがて佳波からも要求がきた。

「良介さん、ねえ待って……あかん」

言いながら彼の頭を押さえてきたのだ。

これから佳境という時に止められた良介は訝しげに顔を上げる。

「どうしたの」

「ゴメンやけど、わたしもう我慢できひん。良介さんが欲しい」

佳波はグッタリと横たわったまま、切なげに漏らした。

「佳波さん……」

良介は体を引き上げて、彼女と同じ顔の高さになる。

熱に潤んだ瞳で見つめ返す佳波。

「良介さん、きて——」

「うん」

良介は唇を重ね、舌を突っ込んだ。それと同時に下半身では肉棒を捧げ、位置を合わせながら花弁のあわいへと押し込んでいく。

「むふうっ」

「んんっ……」

柔襞が肉傘を包み込んでいった。ぬるりと滑り込んだ肉棒は、瞬く間に温もりの壁に覆われていく。

「おお……」

良介は思わず吐息を漏らす。まるで心地よい温泉に浸かるようだ。

かたや侵入される佳波にも変化が起きていた。下腹部に硬直がめり込んでいくにつれ、口を広げ、苦しそうな息を吐いた。

「ああ、入ってきた」

「佳波さんの中、締まる」

「うん、わたしも……良介さんでパンパン」

根元まで埋もれるまでに、二人とも挿入感を心ゆくまで堪能した。

「ハアッ、ハアッ。全部入っちゃったよ」

奥まで行き着くと、良介はひと息ついた。出張の旅に出るようになってから、もう幾人もの女性と体を重ねてきたが、初めて繋がる瞬間というのはいつでも格別なものだ。牡（おす）としての本能が新規開拓の喜びに反応するのだろう。

そして今もまた、京都を訪ねて二日目にはこうして交わっている。

(不思議なものだ。東京では全然モテないのに)

ふとそんな疑問が頭をよぎるが、興奮の最中にあってすぐに忘れる。

組み伏せた佳波は、服を着ているときより華奢（きゃしゃ）に見えた。

「どないしたん？　東京に置いてきた彼女のことでも思い出した？」

いきなり問いかけられ、良介は我に返る。

「そんなのいないよ。ただ不思議だと思ってさ」

「何が」

「今朝初めて会ったのに、佳波さんみたいな綺麗な子とこうしていられるなんてね」

言われた佳波はくすぐったそうな顔をする。

「良介さんって、意外とキザなんやね」

「そうかな」

「女の子を喜ばせるツボを押さえてはるわ――」

佳波は言うと、彼の顔を引き寄せてキスをしてきた。

だが、意外に思っていたのは良介も同様だ。唇を塞（ふさ）がれながら、彼女の言った意味を考えていた。

(俺って、キザなのかな)

自分では分からないが、関西の女性からすれば、言葉使いなどがキザったらしく感じられるのかもしれない。

しかし、佳波はそんな彼を嫌がっているわけではないようだ。

「良介さんがそうやって焦らすつもりなら――こっちから動いちゃう」

痺れを切らしたのか、自ら腰を上下させてきたのだ。

いきなり媚肉に擦られた肉棒は快楽に打ち震える。

「はううっ……かっ、佳波さん」

「ああっ、こういうの、もっと欲しい」

トロンと熱を帯びた瞳が見上げている。ルージュの半分剥げた唇は忙しなく息を吐き、濡れてのたうつ舌が見え隠れする。

「佳波さぁん――」

良介は呼びかけると、思い切り腰を穿つ。

「あふうっ」

とたんに顎を反らし、喘ぐ佳波。細い手足が行き場を失ったようにシーツの上で何度となく寝返りを打った。

良介は彼女の腰肉を捕まえ、本格的に抉り始める。

「ハアッ、ハアッ、ハアッ、ハアッ」

「あっ、ああっ、ええの……はひっ」

顔を上気させた佳波は息苦しそうだ。恥骨を打ち付けられるたび、ガクガクと骨格ごと揺さぶられつつ、細身ながらも女性らしい肉を震わせていた。

蜜壺の中で肉棒はさらに膨れ上がり、盛んに先走り汁を吐いた。

「ハアッ、おお……佳波さん、佳波さんっ」

「ああん、ステキ。良介さぁん」

肉と肉がぶつかり合うリズムの間に、佳波の高い声が響く。

ストロークは快調だった。互いの欲求が邪魔し合うこともなく、めくるめく愉悦の中にあっても、相手の波長に合わせて抜き差しが行われた。

「ハアッ、ハアッ。ああ、気持ちよすぎる……」

上で腰を振る良介は思わず漏らした。

下で受け止める佳波も昂ぶっているようだ。

「ああっ、わたしも……イッちゃいそう」

そう口走ると、思い余ったのか両脚を腰に巻き付けてきた。

「ぬお……」

脚の重みで下に押しつけられる良介。しかし本能は快楽を求めており、それでもなお懸命に腰を振ろうとした。

「くっ……ふうっ」

「ああ……ああ……」

だがいかんせん脚の締め付けが強く、思うように抽送できない。

「くそっ……」

苦し紛れに良介は繋がったまま体を横倒しにした。

「うおぉ……」

「あふうっ」

反動で脚の締め付けが解かれ、危うく結合も離れそうになった。

しかし、そこは良介が体勢を整える。彼女の上になったほうの脚を持ち上げて、自分をまたがせるようにしたのだ。

「俺も、もうすぐイッちゃいそうだけど、いい？」

「うん、ええよ。一緒にイこう」

「佳波さん――」

二人は見つめ合い、唇を合わせると、ほぼ同時に腰を振り出した。

「ハアッ、ハアッ、ああ……おお……」

「あんっ、あっ、ああ、イイッ」

横倒しで向かい合い、相手の下腹部に抉り込むようにして打つ。花弁から噴きこぼれる牝汁（めじる）が太竿に伝い、また自身の太腿に滴り（したた）跡（あと）をつけた。

佳波は片膝を立て、背中を丸め、ペニスの蹂躙（じゅうりん）に悦楽の声をあげる。

「ハアアッ、イイ……ええの、もっと」

「ぬあぁ……ハアッ、ハアッ。ぬおぉ」

抉る良介も息を切らせている。肉襞に表面を蕩（とろ）かされた肉棒は、今にも暴発しそうだった。

「うあぁ、ヤバイ。もうダメだ、俺――」

「ああっ、わたしも……イク。イッちゃう」

知らぬ間に佳波も小刻みに腰を振っていた。ほとんど痙攣（けいれん）に近く、意識的にというより、欲望の本能が肉体を支配しているようだった。

そして、ついに太竿が大噴火を起こした。

「あぁっ、出るっ」

前触れもなく、愉悦の塊は尿道から飛び出した。

子宮口に白濁液を叩きつけられ、続けざまに佳波が絶頂する。

「あひっ……イッちゃう、イッちゃううううっ」

佳波はビクビクビクンと全身を震わせ、目を剝いて四肢を強ばらせた——かと思ったら、急に激しく背を反らせ、思いもよらぬ力で良介を突き飛ばしてきたのだ。

「うわっ……」

驚いた拍子に結合が解けてしまい、飛び出た肉棒から白濁が弾け散った。

かたや夢見心地の佳波は、シーツの汚れも気にならない。ぐたりと投げ出した太腿の間からは、白く泡立った愛欲の跡がだらしなく垂れていた。


「イッちゃった……堪忍ね、わたし、急に動いてしまうん」

「うん、すごかった」

激しい交わりを終えた二人は、しばらく動くことができなかった。

良介の差し出した腕に、佳波はごく自然に頭を乗せてくる。

「ラブホテルに入ったとき、最初はどう思った？」

「正直言えば、期待はしたよ。けど、佳波さんから誘われるなんてまさかと思ったし、実際にハンバーガーもあったしね」

「このままなんもないかと思ったんや」

「まあ……ガッカリしたのは事実だけどね」

良介が苦笑してみせると、佳波はまっすぐ見つめて言った。

「良介さんって、ほんまに正直やね」

「え。そうかな」

「うん。だからええの。めっちゃ好き」

佳波は言うと、顔をそば寄せて頰に唇を当ててきた。

すると、良介も顔を横向け、唇同士でキスをする。

「俺も佳波さんのことが好きだよ」

「――してもええ？」

「え？　ごめん、何？」

「だから、もう一遍オチ×チン舐めてもええか聞いてるの」

言葉こそ柔らかいが、佳波の目は欲望にギラついていた。

良介は思わず生唾（なまつば）を飲む。

「もちろん。ダメなわけがないじゃないか」

「やった」

子供のように喜んだ佳波は、そそくさと彼の下半身へと移動した。

「エッチなおつゆが一杯付いてる」

身を伏せて、半萎(はんな)えの陰茎をつまみ上げる。

だが、絶頂したばかりの粘膜はまだ敏感な状態だった。

「あうっ……か、佳波さん……」

良介が情けない声を出すと、佳波はうれしそうに言った。

「お口できれいきれいにしようね」

「ああ、でもよく考えたらまだ汚――」

生中出ししたばかりの太竿は乾く暇もなかった。白濁液はおろか、自身の牝汁までたっぷりとまとわりついているのだ。

にもかかわらず、佳波は躊躇(ちゅうちょ)なく肉棒を咥え込む。

「かぽ――」

「はううっ」

生温い粘膜が肉傘を覆う。最初のフェラとは訳が違った。いわゆるお掃除フェラである。

「んふう、ふうっ、んんっ」

佳波は丸い頭を上下させ、一心に肉棒をしゃぶっている。

裏筋を舌で撫でられ、カリ首を唇で弾かれて、良介は懊悩する。

「ハアッ、ぬおぉ……おうっ」

「良介さんの……もう大きくなってきた」

「くはあっ。だって、佳波さんの舐め方が気持ちよすぎ……ううっ」

「うふうっ、元気なオチ×チン」

くちゅくちゅと音を立てて竿肌を擦り舐める佳波。正座して体を丸め、男性器にかしずくような恰好で口舌奉仕に熱中した。

散々ねぶり回されるうち、肉棒は完勃起していた。

「佳波さんっ」

良介は呼びかけると、彼女の肩を抱いて顔を上げさせた。

佳波が目で訴えかけてくる。「え、もうええの？」とでも言いたげだ。だが、良介が足を伸ばして座り、両手を広げて招き寄せると、意図を察して素直に腰の上にまたがってきた。

「おいで」

「良介さん、ハメたくて我慢できなくなったん？」

この期に及んで佳波はなおも挑発してくる。

細腰を抱きしめた良介は答える。

「佳波さんがエッチなしゃぶり方するから、ビンビンになっちゃったんだよ」

「アホ」

佳波は笑みを浮かべると、愛情のこもったキスをした。

そうしている間にも、花弁が肉傘をまさぐり出していた。

「んあ……」

「おうっふ」

しとどに濡れた肉襞が太竿に絡みついてくる。

「──ああっ」

佳波がストンと腰を落としたときには、すでに根元まで埋まっていた。

向かい合った顔がおのずと唇を求め合う。

「んふぅ、ん……」

「佳波さん、ふぁう──」

太腿の上に座っている佳波のほうが目線が高い。彼女は覆い被さるようにして舌を絡め、据えた尻を前後に揺らし始めた。

「んんっ……ぷはっ、ああ、きてる」

「ぬはっ。うう、すごい」

良介は思わず声をあげた。彼女の尻が持ち上がると、蜜壺が肉棒を咥え込んだまま引っ張り上げられるようだ。

結合部はぐちゅぐちゅと淫らな音を立てる。

「ああっ……んはあっ、イイッ」

佳波は次第に興が乗ってきたらしく、上下のストロークに変わっていく。

もちろん太竿にかかる愉悦もさらに激しくなる。

「うおぉ……オマ×コが吸いつく」

「ああん、奥に当たってるぅ」

快楽に乱れ、のたうつ佳波の体を良介は支えるのに必死だった。蜜壺は収縮を繰り返し、肉棒を悦びで苦しめる。

「うう、もう我慢できない──」

良介は口走ると、とっさに佳波の腰を抱き寄せ、そのまますくい上げるようにして押し倒した。

驚いたのは佳波だ。

「うふぅっ……良介さんったら激しいねんな」

「だって——我慢できないんだ」

「好きやで」

「俺も」

対面座位は長く保たず、正常位で交わり続ける。

「ハアッ、ハアッ、ハアッ、ハアッ」

良介は息を切らし、腰を叩き込んだ。やはり挿入後は能動的に攻めるほうがいい。本能が欲するままに抽送を加えながら、ふとそんなことを思う。

かたや佳波はひたすら密事に没頭した。

「ああん、ああっ。硬いのが奥に……」

手近にあった枕を手につかみ、抉られるたびに息を吐く。紅潮した顔はファンデーションが浮かび、ギラついていた。

ベッドがギシギシと音を立てるのと同じタイミングで乳房が揺れる。

「いやらしい……うう、佳波さんっ」

摩擦を加えるにつれ、太茎はさらに膨らんでいくようだ。快楽曲線は急上昇し、まもなく頂点を迎えようとしている。

「ハアッ。ぬおぉ……ハアッ」

やがてたまらなくなった良介は、佳波の膝の裏を抱えて脚を持ち上げさせた。

「んあっ……ああ、良介さん」

一瞬驚く彼女だが、すぐに意図を察して素直に下半身を浮かせていく。

最終的には尻まで持ち上げ、いわゆるマングリ返しの体位になった。

「ハアッ、ハアッ。俺、もうすぐイキそうかも」

上にのしかかった恰好の良介が、眼下の佳波に言い渡した。

すると、佳波も苦しい姿勢で返す。

「わたしもイキそうや。また一緒にイこう」

「佳波さぁん――」

良介は呼びかけると、真上から垂直落としに肉棒を叩き込む。

「あっひ……あああーっ」

とたんに佳波は喘ぎ声を上げた。折り畳まれている姿勢のため、余計に息が苦しそうだ。

だが、実際は苦しさよりも悦びが勝っていた。

「あっふ、ああっ。もっと、ああん良介さんっ」

「ぬおぉ、佳波さんっ」

両手両足で体を支え、蜘蛛(くも)のような恰好で良介は悦楽に邁進する。

天井向きに曝け出された淫裂は、隙間から盛んに愛液を噴きこぼす。

「ハアッ、ハアッ、ハアッ。うおおぉ……」

抽送のめくるめく快楽に酔い痴れながら、良介は最後のスパートに臨(のぞ)んだ。

結合部からピチャピチャと水を叩く音と同時に、ぴたんぴたんと肉をぶつけ合う粘った音が響く。

「あああっ、もうダメぇ……」

逃げ場のない佳波は観念したかのようだった。肌に汗を滲(にじ)ませ、全身から熱を発しながら、浅く短い呼吸をした。

まもなく絶頂は訪れた。

「うはあっ、ダメだ出るっ」

「んはあああっ、イクッ」

肉棒から白濁液が飛び出すやいなや、蜜壺も締めつけてきた。

「はあ……ううっ」

うねる媚肉に竿に残った汁も搾(しぼ)り出される。

佳波はさらにぐぐっと体を縮めた。

「んふうっ——イイッ」

こちらも絶頂の第二波だ。蜜壺の痙攣は下腹部にまで達し、目を閉じた彼女は全神経を集中しているようだった。

「あっ、あっ、ああ……」

そしてさらに二度三度、間欠的に横隔膜を揺らすと、ようやく収まった。

良介が退(しりぞ)くと、佳波はばたりと脚を投げ出した。やっと姿勢が楽になったとばかりに深々と呼吸する。満ち足りた体は輝いていた。

事後、落ち着くと良介は一日のお礼を言った。

「今日は何から何までありがとう。助かったよ」

「ううん、こっちこそ楽しかった。ありがとう」

服を着た佳波は、またオフィスワーカーの顔をしていた。

「ところでなんやけど、良介さん。こっちにいる間、わたしの副業を手伝ってみぃひん？」

「副業って？」

「雑誌のライター。具体的には風俗ルポなんやけど」

どうやらラジオＤＪだけでは食べていけないらしい。だが、聞けば佳波にとっては趣味と実益を兼ねた仕事ということだ。

「ごめん。本業があるから」

良介も興味がないではないが、結局は仕事を理由に断った。

（それにしても、京都の女性って逞（たくま）しいな）

京女というと、つい舞妓などのお淑（しと）やかなイメージを持ってしまいがちだが、実際には佳波のように積極的な女性もいるようだ。いい思いをした良介だが、同時に舌を巻く思いもしたのだった。

第二章　花街でしっぽり土手煮をつつく夜

目覚めた良介が布団を畳み、部屋を出ると、真緒が声をかけてきた。

「おはよう。今日はゆっくりでええんやね」

「おはようございます。ええ、昨日は一日歩き回りましたから」

言いながら、脳裏には佳波の悩ましい肢体が思い浮かぶ。どことなく後ろめたい。

「顔洗ってくるんで、洗面所をお借りします」

そそくさと逃げるように立ち去りかける良介。真緒の声が引き留める。

「なら、一緒に朝食を食べへん？　ちょうど用意したところやから」

「え……。でも、いいんですか」

約束では、単に泊めてもらうだけのはずだ。だが、真緒は言った。

「そんなん一人分も二人分も、作るんは一緒やし。ま、寺井さんのお口に合うかは分からへんけど」

「いやいや、やめてください。本当に僕なんかそれほどのものじゃないですから。喜んでご相伴に与らせていただきます」

「そう？　じゃあ、早よ顔洗ってきたらええ」

「はい。すぐ戻ります」

良介は言うと、今度こそ洗面所へ向かう。

(なんかいいな。こういうのも)

実は、布団で目覚めたときから味噌汁のいい匂いがしていたのだ。台所に立つ真緒は美しかった。結婚したら、毎朝こんな気分になれるのだろうか。

洗面所で顔を洗い、髭を剃りながらふと物思う。

(今頃、瑠璃はどうしているだろう——)

かつて職場の後輩だった瑠璃とは、谷崎室長の引退後、一年ほど付き合っていた。彼女のほうから告白されたのだ。最初の頃は何をするのも楽しく、よく二人で食べ歩きなどしたものだが、ありがちな恋人の例として少しずつ心が離れ、やがて自然消滅し、瑠璃は会社からも去っていったのだった。

(やっぱり同じ料理人で、職場も一緒なのがよくなかったのかもな……)

いくら愛しい人でも、日がな一日一緒にいれば息苦しくもなる。瑠璃も半ばそれを案じて身を引いたようなところもあった。

だが、いつまでも過去にこだわっても仕方ない。良介はタオルで顔を拭くと、気持ちを入れ替えて真緒の待つ居間へと戻る。

すでに卓袱台には朝食の用意が調っていた。

「わあ、朝から美味しそうなものばかりだ」

良介が席に着くと、真緒が脇に置いたおひつからご飯をよそってくれた。

「とても旅館のようにはいきませんけど、どうぞ」

「いただきます」

真緒の言うとおり、並ぶのはお浸しや野菜の煮付けといった家庭料理だった。メインは焼いた鰯のようだ。

ところが、良介は鰯を一口食べて愁眉を開く。

「お。この鰯、身が締まってますね。でも、干した感じじゃないし――」

「あー、それは『塩鰯の焼いたん』や。ほんまは節分に食べるもんやねんけど」

「へえ、塩鰯か」

塩鰯とは文字通り、塩に漬けた鰯のことである。真緒の言うように、京都では昔から節分の「おばんざい」として親しまれており、風習では二月三日に鰯の頭をヒイラギの枝に刺し、玄関に飾ったりするそうだ。

朝食を済ますと、真緒はすぐに店の準備にとりかかった。

一方、良介は部屋に戻って昨日のレポートをまとめ始める。こんなにゆっくりしているのは、すでに予定が決まっているからだ。ランチはかねてから予約してある老舗割烹で懐石料理を食べるつもりだった。『美味し庵』のような大衆店とは趣向が違うものの、せっかく京都に来たのだから、本場の京料理を試してみたいと思ったのだ。

良介は持参したタブレットを見つめながら独り言をつぶやく。

「うーん、牛カツカレーは美味かったけど、カレーは難しいか——。そうだ、『おばんざい』なら、いろいろと応用が利きそうかも」

食べたばかりの朝食を思い出しながら、メモを書き加える。老舗割烹、大衆店、家庭料理。それぞれにいいところがあり、要はそれらをどうやって居酒屋のメニューに応用するかなのだ。

そうして一時間ばかりも経った頃だろうか、良介がトイレに立ったタイミングで、階下からただならぬ声が聞こえてきた。

「女将さんっ、大丈夫ですか？」

声の主はバイトの青年らしい。切迫した様子に良介も急いで一階へ向かう。

すると、店内では真緒が床に倒れていた。良介は駆け寄り声をかけた。

「奥さん――真緒さん、大丈夫ですか」

「う……うーん」

意識はあるようだが、顔色が異常に青白い。そばで棒立ちになっているバイト青年に訊ねる。

「どうしたの？」

「女将さんが……いきなりフラつきはったんです。それで――」

青年はオロオロするばかり。経験のないことにどうしていいか分からないようだ。

「とにかく救急車を呼ぼう」

良介は言うと、自ら一一九番に連絡した。

まもなく店の前に救急車が到着し、真緒を担架で運んでいった。良介は一緒について行こうとしたが、家族以外は同乗させられないと断られ、仕方なく病院の場所を聞いてタクシーで後を追った。

幸い良介が病院に着く頃には、真緒も小康状態になっていた。ナースによると、単純な貧血だったらしい。おそらく疲労が溜まっていたのだろう、ということだ。

大過なくホッとした良介は、病室に真緒を見舞った。

「よかったですね、たいしたことなくて」

「寺井さんにえらい迷惑かけてしもたわ。堪忍ね」

点滴を受けて横たわる真緒は、先ほどよりは顔色がよくなっている。

「そんなこと気にしないでください。そんなことより、疲れが大分溜まっていたらしいじゃないですか」

「これくらいで倒れるなんて、自分でも情けない——ああ、早(は)よ戻って店を開けてやらな、お客さんにも迷惑がかかってまう」

「ほら。そうやって無理するから体にくるんですって。店なら僕とバイト君で閉めておくし、お客さんだってきっと分かってくれます」

「でも——」

「でも、は無しです。せめて今日はゆっくりしてください。お願いします」

店の営業を案じて起き上がろうとする真緒を、良介は懸命にとりなそうとした。なぜこれほど必死になるのか、自分でも分からない。

だが、少なくとも彼の思いは伝わったようだ。真緒はあきらめて言った。

「そやね……寺井さんの言うとおりかもしれへん。あかんな、女手一つと思ってついムキになってしもうて」

それから良介は店へ電話し、休業することを伝えた。

午後には真緒も退院できると聞いたので、良介はいったん病院を出ることにした。

ところが、ロビーで何気なく時計を見たとき、大変なことに気付く。

「あっ、忘れてた――」

懐石の予約をしていたのをすっかり失念していたのだ。時刻はすでに十二時を回っていた。バタバタしているうちに、いつしか時が過ぎてしまったらしい。

「――しょうがないよな」

あきらめるしかない。キャンセル代はもったいないが、いずれにせよ敷居の高い割烹の料理など、所詮は参考程度のものだと割り切るしかない。

(真緒さんの体のほうが心配だし)

いつしかそんな風に考えている自分がいた。まだ出会って数日しか経っていないというのに、日に日に彼女の存在が大きくなっていく。良介は不思議と胸の熱くなるような、それでいて締めつけられるような感情にとまどう。

だが、健康な肉体は同時に空腹を訴えかけてきた。外出したついでに街をそぞろ歩いていると、ラーメン屋の看板が見えた。

「黒ラーメンに黒チャーハンだって……？」

インパクトのあるメニューに記憶が呼び覚まされる。そう言えば、佳波も最近流行っていると話題にしていたのを思い出したのだ。

早速、良介は店に入り、黒メニューを二つとも注文した。

「はい、お待ちどおさん。お先黒ラーメン一丁」

「おお、たしかに黒い」

先に来たのは黒ラーメンだ。醤油ベースのスープの色は濃褐色。関西人から醤油がきついと言われる東京ラーメンよりも、さらに暗く濃い色をしている。

麺はストレートの中太麺。箸で持ち上げると、麺にまでスープの色が移っていた。

ところが、一口食べて驚いた。

「え……意外とあっさりなんだ」

見た目からよほど塩っ辛いと思いきや、出汁の風味もしっかり感じられる、とても飲みやすいスープなのだ。麺にもよく絡み、いくらでもいける。

黒チャーハンが来る頃には、ラーメンはほとんど食べ終わっていた。

「はい、こちら黒チャーハン」

「うわ、これまたインパクトのある……」

ドライカレーを黒くした、とでも言えばいいのだろうか。パラパラのチャーハンはつやつやと黒光りしていた。レンゲですくって口に入れる。

「うん、うん。なるほど醬油か」

こちらもラーメンと同じく醬油ベースの味付けだった。焦げた醬油が香ばしく、角切りのチャーシューとよく馴染む。さらに玉子がいいアクセントになり、全体の味を一つにまとめている。

意外な収穫に満足して、良介はラーメン屋を後にした。予定通り懐石料理を食べるより、よほど得るところがあったかもしれない。これも巡り合わせだろうか。

その後、良介はバイト青年の待つ店に戻り、片付けを手伝った。

「この出汁はどうしたらいいの」

「あー、出汁は毎日女将さんが引いてはるんで、捨てちゃってください」

「だよね。了解」

出汁が使い回せないことくらい、良介も分かっているが、勝手を知らない立場上、一応確認したまでだ。しかし、鍋の澄み切った出汁を見るうち、ムラムラと料理人魂が鎌首をもたげてくる。

(少し味見させてもらうくらい、いいよな)

昔の料理人は、先輩の使い残しを食べて味を盗んだという。専門学校から『美味し庵』に就職した良介にそんな経験はないが、かつては尊敬する師である谷崎の鍋底をこっそり舐めたことくらいはあった。

(真緒さん、勉強させてもらいます)

良介は心で感謝してから出汁を一口啜る。美味い。なんという鮮烈な風味だろう。そのくせ角はなく、丸みを帯びた口馴染みのいい味なのだ。

「これが京風か――」

深い感動を覚えつつ、舌の記憶にしまう。だが、やはり勝手なことをしたのは事実だ。後で真緒に謝っておこう。女手一つで店を切り盛りするのも大変だろうが、それ以上に一料理人として、良介は改めて真緒のことを見直すのだった。


夕刻には真緒も病院から戻り、良介は夕食をとるために出かけることにした。

「さてと、どこへ行こうかな」

夕暮れの鴨川沿いを歩きながら、明かりの灯り始めた四条の町家を眺める。夏なら納涼床が立ち並ぶところだが、二月の川岸は静かだった。

そこからさらに進んでいくと、石畳の路地が現れた。先斗町だ。

先斗町といえば、京都の有名な花街の一つ。お座敷遊びのできる店もあり、敷居の高いイメージがあるが、意外とリーズナブルに飲める店も多い。

「お、ここの店はよさそうだな」

良介が立ち止まったのは、入口に赤提灯(あかちょうちん)が灯る店だった。店先には品書きもある庶民的な居酒屋だ。

引き戸を開き、暖かい店内に入る。

「一人なんだけど、いいですか」

「おいでやす。お一人様ですね」

時間がまだ早かったせいか、客入りは五割ほどといったところ。二人掛けの席に案内され、まずはビールと適当なつまみを頼んだ。

(いい雰囲気の店だな)

ビールと焼き串をつまみながら、店内を見渡す。賑やかな中年男性の四人グループは地元の人間だろうか。それ以外は比較的落ち着いており、観光客らしき浮ついた客は見当たらない。カンで選んだのが当たったようだ。

「つまみはどんなものがあるかな――」

良介はメニューを手に取って、吟味(ぎんみ)しようとした。ところが、そのとき隣のテーブルにある料理が目に飛び込んでくる。

(美味そうだな)

皿の上にはタレのかかった串ものが並んでいる。牛スジは分かるが、その脇にあるものが気になる。

「すみません、それはなんという料理ですか」

思わず良介は訊ねていた。すると、隣席の女性は答えた。

「へえ、『土手煮』ですけど。よかったら、お一つどうぞ」

「え……。でも、いいんですか？」

驚いて横に座る客を見る。Tシャツの上にカジュアルなジャケットを着こなした、二十代後半くらいの若い女性だ。長い髪をポニーテールにし、前髪もピンできれいに留めている。

(こんな人が一人で飲んでいるんだ)

涼しげな目元をほんのり赤らめているのが、なんとも色っぽい。

それから隣り合ったのも何かの縁(えん)とばかり、一緒に飲むことになった。

「——そしたら、寺井さんは仕事で来てはるんですか。大変やなあ」

おっとりとした口調で話す彼女は、平野映見(ひらのえみ)と名乗った。京漆器(しっき)の職人なのだという。若い女性と伝統工芸のギャップに、良介はがぜん興味を抱いた。

「平野さんこそ、今どきの女性には珍しいですね。大変じゃないですか」

「うちとこのお師匠はんは、うるさいこと言わん人やから。そういう意味では、別に大変なことはないですよ」

「なぜ京漆器を？」

良介は訊ねながら、土手煮をつまんだ。先ほど気になった謎の串の正体は、生麩となまふゆで卵であった。

映見は焼酎のお湯割りを飲みつつ言った。

「なんでやろ。親は普通のサラリーマンやったし、うちも学校を出るまでは、職人になりたいなんて考えもせんかったです。ただ――どうやろ。やっぱり子供のうちから意識せんと周りには古い街並みやら、お寺さんなんかがあったし、そういう環境が大きいのかもしれません」

「ふうん、そういうものなんだ」

生麩には甘辛いタレがよく染み、嚙めばじゅわりと口に広がる。とはいえ、思ったほどくどくはなく、後を引くあっさりした味だ。

そうして杯を重ねるうち、二人の距離は縮まっていく。映見は三十歳ということだった。お互い年齢も近く、業種は違えども同じ職人同士という連帯感のようなものもあったのだろう。

「自分の色を出す、ってなんやろなあ……。良介はんはチーフいうて、もう人に教える立場やろ？　お師匠はんに教わったことと、どう折り合いをつけてはるの」

「うーん、それがね……。正直、まだよく分からないんだ。俺はサラリーマンでしょ？　だから、会社の人事でチーフになったけど、まだ全然手探りだよ。実際、部下にも尊敬されている感じじゃないし」

良介は言いながら、翔のイケメン面を思い浮かべていた。ホテルの予約を忘れたのも、やはりわざとだったのかもしれない。その翔を贔屓するような優子の態度も業腹だった。

その間、映見は頬杖をつき、ジッと良介の顔を見つめていた。

「なあ、うちそろそろ酔ってきたわ。ちょっと外の空気を吸わへん？」

「え……ああ、そうだね。そうしようか」

呼びかけられ、我に返った良介は賛成する。会計をどっちが払うかで少々揉めたが、結局経費で落とせる良介が映見を納得させた。

華やかな花街を離れると、板塀の続く京都らしい路地へと入っていく。

したたかに酔ったらしく、映見の足元はフラついていた。

「大丈夫？　飲み過ぎたんじゃない」

良介は問いかけるが、映見はご機嫌だった。

「今日はなんだか酔ってもええ心地やねんな。良介はんとはほんま、気が合うわ」

「うん。俺もすごく楽しいよ」

暗い夜道に人影はない。等間隔に灯る街灯（がいとう）が古い街並みを照らしていた。

ふと映見が足を止める。

「どうしたの。気分でも悪くなった？」

「ちゃうねん、ちょっと――」

映見は言いながら、体をそば寄せてくる。ドキッとする良介だが、彼女を見ると、酔っているはずの顔が青ざめていた。

「本当に大丈夫？」

良介が重ねて訊（たず）ねると、映見はほうっとため息をついて答えた。

「もう平気。うちの勘違いやったみたいやわ」

「だけど、ずいぶん青い顔してたけど。家まで送るよ」

再び歩き出しながら、良介は映見の顔色を窺（うかが）う。やはり酔いすぎたのだろうか。

ところが、彼女は意外なことを告白し始めた。

「前にね、ストーカーがおったのよ。ほら、うちとこは伝統工芸やよって、作業場が外からも見えるようになってんねんな。そのせいか知らんけど、毎日のように通ってくる男が現れるようになって」

「熱心なファンってわけか」

「それならええねんけど、そのうち外を歩いているときにも、ふと気付くとうちの後をつけてんねん。気持ち悪うてかなわんかったわ」

映見は警察にも相談したそうだが、警察官がパトロールするようになると、男は不思議と察したのか、それ以来姿を見せなくなったという。しかし、一度植え付けられた恐怖は、ことあるごとにフラッシュバックしてしまうようだ。

良介は気の毒に思いながらも、訊ねずにはいられなかった。

「それならなんで俺みたいな、見ず知らずの男と飲んでくれたの」

すると、映見ははにかむように俯き加減で言った。

「良介はんは、一目で紳士やと分かったし、それに——同じ職人同士で気心が知れた感じがしたの」

「映見ちゃん……」

なぜか胸が高鳴る。今すぐ細い肩を抱きしめたい。だが、それではストーカー男と変わらないことになる。

気付くと、通りは細い路地になっていた。街灯はあるものの、高い板塀のせいで薄暗く感じる。

「なあ、良介はん」

ふいに映見が話しかけてきた。良介は耳を傾ける。

「正直言うとな、うち、このまま職人を続けててええんか、迷ってんねん」

「え。どうして」

良介は思わず足を止める。映見は続けた。

「漆器のことばかり考えているうちに、うちも三十になってしもうたやろ。お師匠はんかてもう長ないやろうし、このままやったら後継者もおらへんやんか」

「そんな……」

「ストーカーのこともそやけど、うちかて女や。いつまでも男の人を遠ざけていてもいられへんやんか」

良介は返す言葉がなかった。業種事違えども、同じ職人同士、しかも年齢も近く、抱える悩みは似たものだと思っていた。しかし、最大の違いは彼が男で、映見が女であるということだ。

(だけど、こんなきれいな子がずっと独り身だったなんて)

このとき良介は、ふと別れた瑠璃のことを思い出していた。彼女と自然消滅してしまったのは、同じ職場だったせいだと思い込んでいたが、実は瑠璃にとって職人であることと女であることの両立に苦しんでいたのかもしれない。

「俺は男だし、何も偉そうなことは言えないんだけど——」

良介は俯く映見を見つめて切り出す。胸の高鳴りはまだ収まらない。

「きっと映見ちゃんは、真面目すぎるんだよ」

「真面目すぎる？　そんなことあらへん」

映見が顔を上げる。涙を浮かべているのか、まつげが濡れているように見える。

良介は必死に言葉を探しながら言った。

「仕事か恋愛か、どっちかだと思い込んでいるんじゃないかな——いや、恋愛に限らないけど、もっと仕事以外にも目を向けていいと思うよ」

「そうなん？　でも、そうやとしてもどうしていいか分からへんわ。良介はんが教えてくれる？」

「え……」

この瞬間、互いの気持ちが通じ合ったような気がした。良介は胸を高鳴らせながら、おのずと映見の肩を引き寄せていた。

「映見ちゃん、俺――」

「あかん。うち……」

反射的に身をすくめる映見。しかし、彼の手を振りほどきはしなかった。

良介はゆっくりと体を引き寄せる。

「俺、映見ちゃんが好きになっちゃった」

彼は言うなり、そっと唇を重ねた。映見の体が一瞬強ばるのを感じる。

「ん……良介はん……」

キスは長く続いたが、それ以上には進まなかった。人通りがないとはいえ、道の真ん中だったからだ。

唇を解いたときの映見は、顔を赤らめ、上気した表情をしていた。

「うちの家、すぐそこやの。よかったら……寄っていかへん？」

もちろん良介に異論はない。昂ぶりを感じながら、二人は身を寄せ合うようにして、映見の家へと向かった。

映見が住むのは、京都らしい風情のある町家だった。

「素敵な家だね。一人で住んでいるの」

玄関先で良介が何気なく訊ねると、映見は声を抑え気味に言った。

「漆器のお師匠はんの家に、居候させてもろうてんの」

「え。じゃあ——」

驚いた。そんなところでいたそうというのか。しかし、映見は気にしない様子で鍵を開けて、深夜の珍客を招き入れる。

「もう寝てはると思うねんけど、静かにしてな」

良介は黙って頷く。前もって知らされていれば、別の場所にしようと提案していたはずだ。だが、今さら帰る気もない。

薄暗い廊下を歩くと、床板がきしむ音を立てた。

(普段からこんなことをしているんだろうか)

足音を忍ばせつつ、良介はふと思う。

まもなく映見は部屋のふすまを開けて中へ入った。

良介も後に続き、そうっとふすまを閉める。

「本当に大丈夫なの」

囁き声で再度確かめる。映見は上着を脱ぎつつ返事した。

「お師匠はんは、一度寝はったら目ぇ覚まさん人やから。たぶん大丈夫」

「たぶん、って……」

思わず良介が呆れ声を出すと、映見は拳を口に当ててくつくつと笑う。

「冗談やんか。もう、良介はんのほうが真面目やん」

「いや、だって――」

「大丈夫や。お師匠はんはもう九十やし、耳も遠(と)おうなってんの」

「そうなんだ。でも、やっぱり緊張しちゃうな」

「ええから、良介はんも寛(くつろ)いで。ほら、上着」

促されて良介は脱いだ上着を映見に渡す。キスでふっきれたのか、すっかり人が変わったようだ。

部屋は和室の六畳だった。若い女性の割には物もなく、スッキリ整頓(せいとん)されている。

腰高の桐箪笥(きりだんす)は年代物のようだ。唯一、鏡台に並んだ化粧品のボトル類が、現代らしさを思わせた。

映見は部屋の明かりをつけなかった。腰窓の障子を開けると、板塀越しに街灯の明かりが漏れて、室内にもぼんやりとだが差し込むからだろう。

（きれいだな）

薄明かりに浮かぶ映見のシルエットが、ほろ酔いの目に輝いて見える。ジャケットも脱いでTシャツ姿になったため、こんもりした胸の膨らみもよく分かる。

良介は映見に歩み寄り、肩を抱いた。

「映見ちゃん――」

「んん？」

答える声には媚びが含まれていた。肩をすくめるようにし、上目遣いに見つめる瞳が揺れている。

どちらからともなく唇が寄せられていく。

「ん……」

「映見……ふぁろ」

良介が歯の間から舌をねじ込むと、映見は舌で巻き取るように出迎えた。

「レロ、ちゅる」

「んふぁ、レロ」

二人は立ったまま、抱き合って舌を絡め合う。静まりかえった部屋に、ときおり唾液の粘った音が響いた。

「ふうっ、ふうっ。映見ちゃん」

しだいに興奮してきた良介は、服の上から胸の膨らみをまさぐり始める。

すると、映見は息を切らせて身を捩った。

「……んふぁ。ダメ」

「どうして？　いいじゃないか」

「だって……んあっ。声が——ねえ、布団を敷くからお願い」

どうやら本気で言っているようだと分かり、良介はいったん腕をほどく。

「堪忍な。ベッドがないから、少しだけ待ってて」

映見は言うと、部屋の片隅に畳まれていた布団を広げる。

その間に、良介は服を脱いでパンツ一丁になった。股間はすでにテントを張り、下着に先走りの染みを広げていた。

「良介はん、もうそんなに興奮してくれてはるの」

牡の猛りを見た映見がうれしそうに言う。自分もパンツのジッパーを降ろし、手早く下を脱いでしまう。

Tシャツは、良介が脱ぐのを手伝った。

「きれいだ」

「イヤ。あまり見んといて」

下着姿になった映見を抱きかかえ、布団に横たわる。

窓からの薄明かりに照らされて、映見の肌は輝くようだった。工芸の職人と聞くと無骨に感じがちだが、高く盛り上がった胸、くびれた腰やそこからなだらかに広がる骨盤など、彼女自体が繊細に創りあげられた作品だった。

たまらなくなった良介は、平らなお腹に舌を這わせた。

「映見ちゃん」

「あ……ダメ……」

映見は口走るが、嫌がっているわけではない。

良介は舌で臍(へそ)の周りに円を描き、お腹の中心を這い上っていく。

「ハアッ、ハアッ」

同時に両手はブラの上から膨らみをまさぐっていた。最初は下からすくい上げるように一揉みし、続いてカップの上から乳房をはみ出させて、指先で尖りをつまんでこね回す。

「あんっ。んああっ」

乳首を刺激され、映見は喘ぎ声を漏らす。

間髪入れずに良介は一方の乳首にしゃぶりついた。

「びちゅるるるっ」

「はうぅっ」

すでに乳首は硬く勃起していた。控えめな尖りは滑(なめ)らかな舌触りだった。良介はもう一方の乳房を揉みしだきつつ、無我夢中で乳頭を吸った。

「あ。ああ、イヤ……」

浅い息を吐き、映見は顎を反らして身悶える。打てば響く、感じやすい体だった。

「ハアッ、ハアッ。レロッ、ちゅるっ」

突先(とっさき)にかぶりつく良介は、空いた手で腰からヒップにいたるラインを辿る。パンティーの下に手を差し入れて、ふくよかな臀部の曲線を愛でた。

「はうぅ……んっ、あんっ」

映見は男の愛撫に身を任せ、深まりゆく悦楽へと浸っていく。しかし同居人の存在を気にしているのだろう、自分の指を噛んで必死に声を抑えようとしていた。

「ふうっ、ふうっ」

良介も興奮に息を荒らげていた。ようやく乳首から離れ、両手で本格的に尻たぼを揉みほぐす。

「ああ、良介はんの触り方、上手やわ」

「エッチなお尻してるね。興奮するよ」

囁くような声で言い交わす二人。ふすまと廊下を隔てた向こうには、何も知らずに寝ている老人がいることを意識せずにはいられない。

良介の愛撫は徐々に下半身へと移っていく。尻肉をつかみながら、顔の位置も彼女の股間まで下がっていた。

映見の飾り気のないパンティーをジッと見つめていたかと思うと、良介は思い余ったように股ぐらへ顔を埋めた。

「んすうーっ、はあぁ」

「はんっ」

クロッチからはなまめかしい牝の匂いがした。良介は馥郁(ふくいく)たる恥臭を胸一杯に吸い込み、鼻面をぐりぐりと押しつけるようにした。

「あふっ……」

映見が力強く太腿を締めつけてくる。同時に、股布から染み出る匂いもさらに濃くなった。

「ふうっ、ふうっ」

こめかみを挟まれ、良介の耳が内腿で塞がれる。両手はもがくように彼女の腿を撫でさすっていた。

良介の愛撫は止まらない。ようやく股間から離れたかと思ったら、今度は鼠径部に舌を這わせる。

「レロッ――」

「あああ……あんっ」

映見の肌は釉薬をかけた陶器のように滑らかだ。良介はありがたい逸品をいただくように片方の脚を抱え込み、膝から股の付け根にかけて念入りに舐めた。

「はあぁ、良介はん、エロいわ。感じてまう……」

抑えた映見の声が上擦っている。ブラから乳房をこぼし、額に腕をあてがうさまは淫らで美しい。

やがて良介の舌は膝から下へと降りていく。

「ハアッ、ハアッ。レロッ、ちゅぽっ」

ときおりキスの効果音を交えながら、締まった脹ら脛を堪能する。どこまで行くのだろう。自分でも不可解な衝動に駆られ、気がつくと映見のかかとを手にしていた。

「あ。ダメ――」

状況を理解した映見が抗おうとするが、すでに遅し。

良介は本能のままに導かれ、ためらいもなくつま先を咥え込む。

「かぷ——ちゅるるっ」

「イヤアッ……」

思わず高い声が出てしまう映見。胸を喘がせ、必死に抑えて言う。

「あかん、そんなとこ……汚いやんかぁ」

「汚くなんか——じゅるるっ、あるもんか。映見ちゃんの足、甘くて美味しい」

自分でも変態じみた真似をしていることは分かっていた。しかし佳波との経験があったからか、一歩踏み込んだプレイに対して抵抗が薄れていた。

良介はあぐらを掻き、足指の一本一本を丁寧にしゃぶっていく。

「ちゅるっ、ちゅぱあっ、レロッ」

「イヤ……あっ。あかんて……ああん」

羞恥のあまりかぶりを振る映見だが、言葉とは裏腹に、漏れ出る声はしだいに甘く切なくなっていった。

「ハッ、ハッ」

自分が獣になったように感じる。良介は悩ましげな彼女の表情を窺いつつ、舌先で足指の股を順番に舐めた。

するとどうだろう、映見は寒気を覚えたようにブルッと震え——かと思ったら、足指の先まで強ばらせて背中を反らす。

「んああぁ……イクッ」

短く吐いた息は、喘ぎとなって宙に消える。さらに下腹辺りをビクつかせた。

「はうっ、ううっ……」

そしてガクリと脱力したのだ。

「ハアッ、ハアッ。映見……ちゃん？」

静かな中にも激しい反応を見て、驚いた良介は様子を窺う。

すると、まだ胸を喘がせながら映見が微笑んでみせる。

「こんなん初めてや。足舐められて、イッてもうた」

なんと彼女は絶頂したというのだ。衝動的な愛欲と、隣人を気にしながらの背徳感がなせる業だったのだろう。欲望の処女地を開拓した驚きと興奮が、互いに見つめ合う瞳の色に表われていた。

改めて二人は目線の位置を合わせ、寄り添いながらキスを交わす。

「このままやと、良介はんにハマってしまいそうやわ」

「俺だって——ほら」

良介は自らパンツを脱ぎ、青筋立てた肉棒を見せつける。

映見はすかさず逆手に握った。

「ああ、ほんま。カッチカチになっとんな」

「もう我慢できないよ。挿れていい？」

「ええよ。きて」

その頃には映見もすでに邪魔な下着を脱ぎ去っていた。均整の取れた体だった。漆器職人というと、座りっぱなしで作業するイメージがあるが、実際にはさまざまな工程があり、体力は使う。そうした日々の仕事が作り上げた、自然でしなやかさを持った肉体だった。

「じゃあ、いくよ」

「うん」

仰向けになった映見の上に、良介が覆い被さる。すでに割れ目は十分濡れている。

彼はいきり立つ肉棒をなだめつつ、捩れた花弁の中心に肉傘を突き刺した。

「おうっ……」

「んあっ……」

太茎がぬぷりと侵入するなり、蜜壷は形なりに広がり包み込む。

さらに奥へと突き進んでいくと、中の凹凸が竿肌を舐めて煽(あお)り立てた。

「ふうっ」

「ああ、大きい」

映見はウットリとした表情を浮かべ、充溢感(じゅういつかん)を味わっている。

蜜壷は不思議な構造をしていた。途中がくびれているように感じるのだ。

両手を突いた良介が語りかける。

「いくよ」

「早(は)よ、きて」

「ぬおぉっ……」

呻きとともに、良介は大きな振幅で抽送し始めた。

いきなりの衝撃に映見は愕然とする。

「んぁっ、イッ……すごい」

「ハアッ、ハアッ、ハアッ、ハアッ」

「あかんて。ああ、そんなんされたら……んはぁぁ」

映見は懸命に声を堪（こら）えようと、下唇を嚙みしめる。全身を揺さぶられるままに、きめ細やかな肌に汗を滲ませ、苦しそうな息を吐いた。

かたや良介は媚肉の感触に無我夢中だった。

「ハアッ、ハアッ。おお、映見ちゃんのオマ×コ締まる」

「オマ……なんて、良介はんエロ過ぎ――はぁん」

何気なく口にした言葉も、東西の違いから新たな刺激をもたらす。

「ハッ、ハッ、ハッ、ハッ」

「あっ、あんっ、ああっ」

二人の息遣いとともに、粘膜を搔き回す湿った音が響く。

良介は大きなストロークを止められない。挿入時に気付いた蜜壺のくびれが、カリ首の返しに擦れてたまらないのだ。浅い振幅では、この快感は得られない。

「ハアッ、ハアッ、ハアッ、ハアッ」

蜜壺からはとめどなく愛液があふれ出し、竿肌をヌルつかせた。

受け止める側の映見も、同様に昂ぶっていく。

「ああっ、ダメ。あかん、よすぎて――はああっ」

愉悦に占拠されていく肉体は、自らの制御する力を奪われる。慎重に控えていたはずの喘ぎ声が、いつしか注意がおろそかになってしまう。

「――んあぁーっ」

無意識に漏れ出た声は予想外に大きく、自分でも驚いたのだろう。映見はハッとした表情になり、いきなり良介の胸を押しとどめた。

「あかん。待って、声――」

「え……ああ、そうか」

抽送を止められた良介は鼻白みかけるが、彼女の表情から隣室で寝ている師匠の存在を思い出した。

しばし考えた後、良介は妙案を思いつく。

「そうだ。こうすれば声が漏れないと思う」

そう言って、掛け布団を背負うように被った。おかげで視界は奪われるが、多少の声は外へも響かないはずだ。

「ほんまや。お布団に声が吸収される」

暗がりでの抱擁に、映見もはしゃいでいるようだ。

憂いが晴れて、再び抽送が始まる。

「ハアッ、ハアッ」

具合は悪くない。良介は硬直を蜜壺に抉り込んだ。

抑制から放たれた映見は悦びの声をあげた。

「あっひ……んああっ、奥に当たるうっ」

「映見ちゃん、おお……」

「ああん、もっとしてぇ。いっぱい気持ちええの、ちょうだい」

暗闇での結合は、まるで宇宙空間に浮かぶようだった。だが、それは二人の体の大きさまで縮められた、極小の宇宙だった。

「はぁん、あんっ。イイッ」

「ハアッ、うおぉ……映見」

良介は快楽に任せて腰を振る。背中に布団の重みを感じながら、映見の片脚を抱え、より深く貫かんと太竿を繰り出した。

ぶつかり合う股底がぴちゃぴちゃと鳴る。即席のドームの中で聞くそれは、地底湖の神秘を思わせた。

映見の息遣いはますます荒くなっていく。

「イヤァ……あひっ。ンハァ、ああああっ」

「ハアッ、ハアッ。ふうっ」

良介とて同様だった。しかし、息苦しさの源泉は快楽ばかりではない。しだいに背中の布団が重圧となり、体力を削いでくるのだ。

「ハアッ、ハアッ、ハアッ、ハアッ」

「あんっ、ああっ、はうぅ……」

さらに重さだけでなく、密閉された空間も追い打ちをかけてくる。いくら真冬とはいえ、暖房の効いた室内で、布団に覆われた男女が狭い場所で密着し、激しい運動をしているのだ。いやが上にも暑くなってくる。

良介の体力は限界を迎えそうだった。

「ハアッ、ハアッ――ああ、もうダメだ」

言うなり彼は背中の布団をはね除けてしまう。

薄明かりに照らされた映見の顔は汗だくだった。

「ああ、あかんて――」

再び無防備に晒(さら)されて、映見は力なく抗議する。だが、もはや悦楽の深みにいるために、自らどうこうしようという気力はないらしい。

欲望が理性に勝っているのは良介も同様だ。

「ハアッ、あああ……もうイキそうだ」

大きな振幅に耐えられず、いつしか小刻みに腰を動かしていた。例の蜜壺のくびれが肉胴を脅かし、暴力的なまでに射精を促してくる。

するとと、ふいに映見が目を見開き、まっすぐに見つめてきた。

「良介はん、お願い……」

「ん。どうしたの」

「声が――あかん。このままやと、うち、叫んでしまいそう」

必死に訴えかけてくる瞳が熱を帯びている。苦しげに吐く息の中にも、ときおり横隔膜から押し出されるような、声なき声の塊が入り混じっているのが分かる。

良介はこの危地を逃れるため、単純な方法を選んだ。

「映見ちゃん――」

体を伏せて彼女にしがみつき、唇で唇を塞いだのだ。

「んふぅっ……」

すると、すぐに映見も応じて背中に腕を回してくる。

二人は互いに漏れる声を防ぎつつ、頂点を目指して性器を擦り合わせた。

「むふうっ、ふうっ、んむむ……」

「んんっ、んぐ……んふうっ」

それは、あまりに苦しくも悩ましい時間だった。良介はしっかりと映見をかき抱き、腰だけを動かして、媚肉の悦びに浸った。

だが、その苦しみも長くは続かない。

「んふうっ……んひっ――」

映見は塞がれた口の端から喘ぎを漏らすと、回した腕をきつく締めつけてきた。

「ぷは――あかん、イク……」

息苦しさから思わず唇を離し、限界を告げる。汗ばんだうなじを桜色に染め、恥骨を迫り上げるように押しつけてきた。

その反動で蜜壺にも力が加わる。絞られた肉棒はたまらない。

「くはっ。出るっ」

良介が息を吐くと同時に、白濁液が勢いよく子宮へと注がれていく。

映見は衝撃に打たれたように顎を反らす。

「んあぁっ――」

抑えきれずに出た声は思いのほか大きく、良介は慌てて唇で塞ぐ。

「んふうっ、んふっ」

間一髪、映見は眉間に皺を寄せながら、口の中で絶頂を叫んだ。体を弓なりに反らし、足先をピンと伸ばして、頂を極めた悦びを堪能する。

危険な一瞬が去ったので、二人は唇を離した。

「ぷはっ――ハアッ、ハアッ、ハアッ」

「んはあっ……ああ、気持ちよすぎて落ちる寸前やったわ」

二度にわたり絶頂した映見は艶然と微笑む。いまだ喘いでいる胸に浮かんだ汗が腋へと滴り落ちるのが見えた。

「俺もよかったよ」

「ほんま？　うれしい」

互いへの感謝を込めてキスをする。劣情の嵐は過ぎ去っていた。

すでに夜中になっていたが、良介はうどん屋に帰ることにした。

「なんで？　泊まっていったらええのに」

映見は言うが、社交辞令であることは分かる。朝までいれば、彼女の師匠と顔を合わせることになるのだ。お互い望むことではない。

「今日はありがとう。映見ちゃんのことは忘れないよ」

「うちも。良介はんは男の中の男や。きっと立派な職人にならはるわ」

言い交わす目のうちに、相手に対する敬意と哀切が見受けられた。それぞれにまだ道半ばなのだ。互いに一夜限りと承知していた。

「おやすみなさい。気ぃつけてな」

「うん、おやすみ」

良介は襟を掻き合わせると、冷え込む夜道へと躍り出た。


うどん屋に戻ると、良介は音を立てぬよう部屋に戻る。真緒もすでに帰宅しており、自室で寝ているはずだ。

しかし、布団に横たわってからもなかなか寝付けなかった。

「――ダメだ」

ついにあきらめ、良介は起き上がる。映見と交わったばかりで興奮しているのもあるだろう。何かせずにはいられなかった。

そこで彼は思い立ち、出汁を引いてみることにした。内緒で味見した真緒の出汁が忘れられないのだ。

とはいえ、さすがに厨房を勝手に使うわけにはいかない。職人としての信義にもとるからだ。代わりに二階の台所を借りることにした。

「まずは、基本の昆布出汁だ」

鍋は真緒のものを借りるが、昆布については昼間に買い込んであった。

鍋に水を張り、適当な大きさに切った昆布を入れて火を入れる。

(沸き立つ寸前に火を止めること――)

十年以上昔、調理学校で習った基本中の基本である。さらに『美味し庵』に入ってからも、何百回となく繰り返してきたという自負はある。

良介は鍋をジッと見つめ、頃合いを見て火を消した。

「これでいいはず」

菜箸(さいばし)で昆布を取り出し、味見する。だが、真緒の引いた出汁とはまるで別物だと分かり、がっくりと肩を落とす。

「どこが違うんだ……」

どうしても京風の繊細な味が出ない。もう一度挑戦してみたが、それもやはり失敗に終わった。

「くそっ」

良介は悪戦苦闘しながらも、出汁を引く真緒の姿を思い浮かべる。一心に鍋に向かう未亡人。それは、凜々(りり)しくもどこか悩ましさを思わせる後ろ姿だった。

第三章　絶品玉子サンドは生娘の味

退院した翌日には真緒はすっかり元気になり、店も一日休業しただけで済んだ。それでも彼女は、

「えらいお客さんに迷惑かけてしまったな。いつまでも遊んでいられへんわ」

などと自らにハッパをかけるのだった。生来が苦労性なのか、あるいは根っからの働き者なのだろう。

安心した良介は食べ歩きに精を出すことにする。真緒の勤勉さに倣うつもりである一方、家にいれば、どうしても彼女の存在を意識してしまうからだ。

(俺、真緒さんに惚れちゃったのかな——)

気がつくと、真緒を目で追っていた。だが、それが料理人としての敬意であるのか、それとも未亡人の肉体に惹かれているのか、自分でも分からなかった。

その日、良介はこれまでにない方法を試してみた。地元の生の声が聞きたいと思い、

マッチングアプリで出会った人と食べ歩こうというのだ。

するとまもなくあるメッセージが目にとまる。

〈食べ歩いたり、一緒にお料理できるとうれしいです〉

プロフィールを見ると、相手は女子大生らしい。

「若い子の感性から学ぶのもいいかもな」

食に興味があるというところがピッタリだ。しかも、〈年上の男性が希望〉ともある。良介は早速メッセージを送り、返信を待った。

約束の時間になる少し前に、良介は待ち合わせ場所の二条城に着いた。女子大生はすぐに返信を寄越し、トントン拍子に会うことが決まったのだ。相手の興味に合わせ、料理人であることを明かしたのがよかったのかもしれない。

（出会い系に登録している女子大生って、どんな娘なんだろう）

日頃マッチングアプリを使ったことなどなかった良介は、やや身構えていた。食べ歩きたいなどと言って、要するにタダ飯にありつこうというだけかもしれない。年上が希望というのも、財布に余裕のある男を求めているということだろうか。

ところが、まもなく現れたのは、イメージとはまるで違う娘だった。

「お待たせしてすみません。寺井さんですか」

「ええ……いえ、時間ピッタリですよ。雛乃（ひなの）さんですね」

軽やかなショートボブにつぶらな瞳が印象的な女子大生は、およそオヤジの財布にたかろうとするような輩（やから）には見えない。

「じゃあ、早速ランチでも食べに行こうか」

「はい」

今年成人を迎えるという桂木（かつらぎ）雛乃は、ピーコートの前を開け、首もとにマフラーをふんわりと巻いた、ごく普通の女の子に見えた。

若い。良介は急に自分が年寄りじみて感じられた。

「こんなオジサンでガッカリしたかな」

「え。そんなん全然思いませんけど――むしろ、わたしなんか子供っぽすぎました？」

雛乃は恐縮したように問い返す。本当にいい子のようだ。

あらかじめ良介が東京から来たことは伝えていた。地元で流行っている店を教えて欲しいと言うと、雛乃は近くにあるカフェに連れて行ってくれた。

「ここの玉子サンドが好きなんです」

「へえ、たしかに美味しそうだ」

調子を合わせて言ったものの、良介は今ひとつピンとこない。

皿にはカットされた玉子サンドが四切れ。ゆで卵をスクランブルしたものではなく、オムレツ風に仕上げたものが挟まれている。カフェらしく、ボイルした野菜や小鉢にヨーグルトがお洒落に添えられているが、格別のインパクトはない。

ところが、一口食べてガラリと印象は変わる。

「うわ、美味いなこれ。コクがあるのに食べやすい」

今度は本音だった。トーストされていないパンは小麦が香り、バターとマヨネーズでしっかりと味付けされている。そして分厚く焼かれた玉子を噛めば、中から出汁がじゅわりとあふれ出てくるのだ。

良介が感心する様子を見て、雛乃もうれしそうだった。

「よかったあ。寺井さんにも喜んでもろうて」

笑みを浮かべながら、サンドを両手でちんまりと口へと運ぶ様子が、なんとも愛くるしい。

その後、商店街を見て歩き、漬物店では「すぐき漬け」を賞味した。すぐきはかぶらの一種で、冬に収穫される。「千枚漬け」、「しば漬け」と並ぶ京都の三大漬物といわれ、発酵させたことによる酸味が深い滋味を感じさせる。

「雛乃ちゃん家でも、こういうのはよく食べるの？」

「そやなあ、季節になるとお母さんが出してくれはるの。でも、すぐきいうたら、どっちかと言えば夏に食べる印象やわ」

二人で言い合っていると、店員も言い添えた。

「江戸の頃は、お偉いさんに贈る『夏の珍味』でしたからねえ。今では保存技術が発達して、いつでもいただけるようになりましたけど、本来はお嬢さんの言わはるとおり、初夏に食べるモンですわ」

「なるほど。京都の食卓では、今でも季節感を大事にしているんですね」

良介は感心して受け答えしながらも、心が浮き立つのを抑えられない。最初は物静かだった雛乃だが、少しずつ慣れてきたのか言葉遣いにも親しみが表われるようになってきた。

「すみません、じゃあすぐき漬けを三つください」

「また買うん？　もう、寺井さんお土産だらけやな」

二人の距離感が縮まるにつれ、良介は雛乃と一回り年齢が離れていることも忘れ、二十代に戻った気になりデートを楽しんでいた。

夜になり、良介と雛乃は崇仁新町（すうじんしんまち）へと向かった。

「京都駅近くに、こんな場所があるなんて知らなかった」

賑やかな屋台村に目を瞠（みは）る良介。雛乃が説明する。

「ここは芸大ができる予定地で、今年の八月までの期間限定でやってはんねんな」

「へえ」

街の一角に突如現れた屋台村は、コンテナを並べた店が十数店舗ほど軒を連ねている。屋根もかかっており、雨でも屋台気分が味わえる。

建ち並ぶ店は、焼き肉、串揚げ、うどん、鉄板焼きなど庶民的で気軽に立ち寄れるものばかり。この日もサラリーマンや外国人旅行者たちなどで賑わっていた。

二人も席をとり、牛スジなどの料理を注文した。良介は生ビール、未成年の雛乃はカクテルジュースで乾杯する。

「今日はいろいろ教えてくれてありがとう」

「こちらこそ。めっちゃ楽しかった。乾杯」

「乾杯」

良介はジョッキの半分ほどを一気に開ける。比較的暖かい日だったが、それでも京都の夜は底冷えする。にもかかわらず、生ビールが美味かった。一緒にいる相手のおかげだろう。

つまみも美味だった。牛スジは関西では一般的だが、東京ではつい最近まではあまり見かけなかったものだ。

良介は、ホロホロに煮込まれた牛スジを箸で崩して食べる。

「うん、やっぱり本場って感じだなあ。噛むほどに牛の旨味が口に広がる」

「もう、良介さんってば、ほんまに料理一筋やねんなあ」

雛乃が良介の評論家のような口ぶりをからかうように笑う。丸一日一緒に過ごしてきたことで、すっかり緊張も解け、いつしか下の名前で呼ぶようになっていた。

気付くと二杯目のビールも空になり、料理の皿もきれいになくなっていた。

「もう少し食べるでしょ？　俺、買ってくるけど何がいい」

ほろ酔い加減の良介が訊ねると、雛乃はなぜかモジモジと言いよどむ。

腰を上げかけた良介だが、いったん座り直した。

「ん？　どうかした？　気分でも悪くなった」

つい今まで楽しそうだった雛乃が黙り込んでいる。アルコールは飲んでいないから、悪酔いしたということはないはずだ。

するとと、ようやく顔を上げた雛乃が思い切ったように言った。

「良介さんに付き合って欲しいところがあんねんけど……」

「俺はちっとも構わないけど。どこに行きたいの」

屋台で飲んだら帰るつもりだった良介は、とまどいとともに、胸の奥がかすかにざわめくのを感じる。

寒さのせいか、飲んでもいない雛乃の頬が赤らんでいる。

「アプリでも書いとったやろ？　その……一緒に料理がしたいねん」

「ああ、そう言えば——いいけど、どこでできるかなあ」

「プロの良介さんにこんなん頼むのは、図々しいかもしれへんけど」

雛乃の顔色を窺うような上目遣いが愛らしい。良介は微笑んでみせた。

「そんなこと、気にしなくていいよ。そうだ、今食べた牛スジを作ってみようか」

「ほんま？　ええの」

不安そうだった雛乃に笑顔が戻る。良介の胸に温かいものが広がる。

「じゃあ、決まり。買い物して……えーと、料理ができる場所は——」

「それならええ所があんねん。行こ」

話が決まると、二人は屋台村を後にした。夜はまだ長い。

雛乃が「いい所」と言っていたのは、レンタルルームだった。

レンタルルームといっても、近頃はさまざまな用途に対応する種類があるらしい。このとき借りたのも、本格的に料理ができるキッチンが付いた部屋だった。

買い込んだ材料を並べ、二人はキッチンに立つ。

「おお、包丁も揃ってるね。ここで料理教室が開けそうだ」

「良介センセ、本日はよろしくお願いします」

エプロンを着けた雛乃がぴょこんと頭を下げる。

元来の明るさを取り戻したようだ。良介はホッとすると同時に、なぜさっきはあれほど言いにくそうにしていたのか、不思議でならなかった。

「大根も美味しそうなのがあったからね。今回は家庭料理らしく、大根とコンニャクも入れてみようか」

「はい、先生」

「じゃあ、まずは大根の皮を剝いて、ざっくり銀杏（いちょう）切りにしてもらえるかな。牛スジの下ごしらえは俺がやるから」

「はい。でも――」

「うん?」

「包丁使うの下手クソやから、良介さんの前でやるの恥ずかしいわ」

言うことがいちいち可愛らしい。良介は年上の男らしく励ました。

「誰でも最初は下手クソなんだ。ちっとも恥ずかしいことじゃないさ。身も蓋もない言い方になるけど、結局は『習うより慣れろ』なんだよ」

「うん、そやな。頑張る」

「頑張れ」

こうしてようやく調理にとりかかった雛乃だが、実際に包丁を握らせてみると、なかなかどうして、全くの初心者というわけでもないらしい。多少手つき(おぼつか)は覚束ないものの、ピーラーを使わずに皮剝きもできている。

(なんかこういうのもいいな)

牛スジを下茹(したゆ)でしながら、良介は胸にほのかな暖かみが広がるのを感じる。職場でも指導する立場だが、相手はそれぞれが一人前の職人だ。同じ教えるのでも、素人の雛乃を相手にするのとはまるで勝手が違っていた。

新鮮な気持ちは、そのまま彼女への好意と繋がって、まるで新婚家庭を築いたようで心が浮きたつ。

「先生、お大根ができました」

「うん、そうしたら大根だけで一回茹でてくれるかな」

「はーい」

雛乃も楽しそうだ。一緒に料理がしたいと言い出したのも、将来に向けて花嫁修業のつもりなのかもしれない。

ところが、全ての材料を鍋で煮込み始めたところで、彼女から意外な告白が飛び出してきた。

「良介さんに、言っとかなあかんことがあんねんけど――」

「どうしたの、改まって。もう店でも出したくなったとか？」

良介が冗談めかして言うが、雛乃は首を横に振る。

「ちゃうねん。実はわたし、付き合ってる男の人がおってな」

「――あ。そうなんだ」

彼女ほどのルックスなら、恋人の一人や二人いても不思議はない。分かっていながらも、良介は正直少しガッカリしてしまう。

だが、雛乃の話はさらに意外な展開を見せる。

「それでな、すごく言いにくいねんけど――。わたし、この年まで男の人とそういうことをしたことがないねん」

「ああ。それってつまり――」

処女ということだ。しかし、十九歳ならちっともおかしなことではない。良介はまだそのことと、今の状況が繋がらなかった。

雛乃はエプロンの裾を指で弄りながら、顔を俯けて言う。

「今日一日良介さんと過ごして、この人なら、って思って。それでこんな所まで誘ったんやけど……」

「うん。俺も楽しかったよ」

「彼のことは好きやねん。でも、そういうことになった時に、うまくいかへんかったらって思うと怖くて……。それで、最初は大人の――良介さんみたいな人に、教えてもらえへんかなって」

遠回しな言い方で、彼女の話は今ひとつ要領を得ないが、要するに破瓜(はか)を手伝ってくれと言っているのだ。

ようやく理解した良介は、胸の高鳴りを抑えられない。

「そうか。話はなんとなく分かったけど――でも、いいの？　大好きな彼氏がいるんでしょ」

「うん……」

雛乃はそれきり言葉が出ない。俯いた顔の瞳にみるみる涙が浮かんでくる。

（どうすればいいんだ――）

良介は葛藤する。彼女がマッチングアプリに登録したのも、〈年上を希望〉していたのも、全てはそのためだったのだ。料理は言い訳に過ぎない。その稚拙な企みにうかうかと乗ってしまった自分も単純だが、十九歳の処女が決死の覚悟で臨んだ気持ちを思うと、いい加減な対応もできない気がする。

「もう一度確かめるけど、本気で言っているんだよね」

「こんなん冗談でよう言わん」

目に浮かぶ涙の玉が大きくなる。良介は胸を締めつけられる。

「本当に、俺でいいんだね」

鍋の煮込む音がコトコトと鳴っていた。雛乃は返事もせず、しばらく黙っていたが、やがて思い余ったかのごとく、彼の胸に飛び込んできた。

「お願い。良介さんがええねん」

「雛乃ちゃん……」

若い女の子らしい、甘い匂いが鼻をついた。かき抱いた体は、とても華奢で脆く感じられる。セーター越しに伝わる温もりが、良介の劣情をいやが上にも煽り立てた。

良介は雛乃をソファーへと誘った。

(本当にいいのかな)

だが、ここまできてまだ迷っている。雛乃は隣に硬くなって腰掛け、目も合わせようとしない。

「あのさ、雛乃ちゃん――」

さりげなく肩に触れようとすると、雛乃は怯えるようにビクッと体を震わせる。

いずれにせよ、このままではダメだ。良介は言った。

「先にシャワーを浴びてくるよ」

「うん」

良介が立つと、雛乃はようやく顔を上げた。その不安そうな顔に向けて、彼は安心させようと精一杯の笑みを見せてから去る。

浴室は狭く、シャワーしかない。レンタルルーム自体が、キッチンを中心としたパーティー仕様なので致し方ないところだ。

服を脱いだ良介は頭から熱い湯を浴びる。

（まさかこんなことになるとはなあ……）

いつもの良介なら、目の前に据え膳を置かれたら、すぐ飛びついていたはずだ。しかし相手がバージンだと分かった上で、さらに彼女の目的が目的だから迷ってしまうのも無理はない。

（大好きな彼のため――か）

先にシャワーに入ったのは、雛乃に考える時間を与えるためだった。一人になって少し冷静になれば、あるいは考え直すかもしれないと思ったのだ。

「くそっ……」

だが、時間が必要なのは良介も同様だった。雛乃に対し、好意を抱いているだけに悩ましいのだ。大人の男としてどう振る舞うべきか――だが、肉体の一部だけはすでに答えを知っているようだった。

股間にぶら下がるモノは、獰猛（どうもう）な獣が身構えるように重々しく息づいている。

結局、良介は答えの出ないままシャワーを出た。

リビングに戻ると、雛乃はさっきと同じ姿勢でソファーに座っている。

「あー、さっぱりした。よかったら雛乃ちゃんも浴びておいでよ」

気軽な口調を意識しながらも、良介としてはこれが最後の確認のつもりだった。

すると、少し間を置いて雛乃は言った。

「うん。じゃあ、行ってくるね」

彼女の決意は揺るがないようだ。賽(さい)は投げられた。


雛乃がシャワーを浴びている間、良介はソファーベッドを整える。戸棚にはシーツや毛布も用意されていた。

無心でいようとするが、それは無理な相談だった。これから十九歳のバージンを奪うのだ。ようやく渋皮の剝けたところのフレッシュな肌が脳裏に浮かぶ。先ほどまでの迷いは、そのまま期待と興奮に移っていく。

シャワーにしては長い時間が経ったと思いかけた頃、やっと雛乃が戻ってきた。

「えらい待たせてしまって、ごめんなさい」

彼女は言って、入口の所で申し訳なさそうに佇んでいた。ショートの毛先を濡らし、体にはバスタオルを巻き付けている。

(かっ、可愛い——)

良介は恥じらう乙女の姿に息を呑む。バスタオルで隠しきれない肩口や、太腿から下の白い脚が眩(まぶ)しかった。

だが、いつまでも見惚れているわけにはいかない。大人の彼がリードしなければならないのだ。

「そんなところに立っていないで、こっちにおいで」

「うん。でも──」

「どうしたの」

「電気消してええ？　明るすぎて恥ずかしいねんか」

ようやく合点のいった良介は、自ら立って雛乃のそばにある調光器で照明を暗くする。とはいえ真っ暗にはせず、なんとか目の利く程度にした。

「これでいい？」

「うん。ありがとう」

「じゃあ、あっちに行こうか」

「──手、繋いでええ？」

雛乃は消え入りそうな声で言った。これから肉体を交えようというのに、ソファーベッドまでのたった数メートルの距離を歩くのに手を繋いでくれというのだ。良介は愛しさに胸が苦しいほどだった。

「ご案内します、お嬢様」

わざと丁重に言って、小さな手を握る。指と指を交互に絡めた恋人つなぎだ。

ようやくシーツの上に雛乃を横たわらせ、良介も寄り添う。

「緊張しなくていいからね。みんなやっていることなんだから」

良介は片肘を立てて身を起こし、指先で雛乃の額にかかった前髪を梳いてやりながら言い聞かせる。

不安に揺れる瞳がジッと彼を見上げている。

「やさしくしてな――」

「もちろん。君を傷つけるもんか」

愛しさが募るあまり、良介は思わず彼女を抱きしめていた。

「雛乃ちゃん」

「良介さん、わたし……」

「いい。何も言わないで」

互いの温もりを感じてから、良介は顔を上げて唇をそっと重ねた。

「ん……」

一瞬身を硬くした雛乃だが、避けようとはしない。その緊張も、キスが長引くにつれ、ゆっくりと解けていくようだった。

やがて彼女のほうから強く唇を押しつけてくる。

「んん……良介さん」

「好きだよ、雛乃ちゃん」

良介は劣情を押し殺し、あくまでソフトタッチに努めた。口周りの力を抜いて、柔らかく、何度も触れては離すを繰り返す。

その間にも、手は雛乃の肩口や二の腕をやさしく撫でる。手のひらに触れる肌はしっとりと汗ばんでいるようだった。

「雛乃――」

いったん離した唇をまた合わせる。だが、今度は強めに密着させた。そうして互いの唇を押し開くようにし、舌を伸ばして彼女の歯をこじ開けようとした。

「んっ……んふぅ……」

「レロ……」

抵抗を受けるかと思われた関門は、意外にたやすく開いた。どうやらキスくらいは経験があるようだ。

「んぁ……レロ」

驚くことに雛乃のほうからも舌を伸ばしてきた。とはいえ、その舌使いはいかにも遠慮がちで、硬くなっているのが明らかだ。

「レロッ。みちゅ――」

良介はそんな彼女を解きほぐすように、ねっとりと舌で口内を愛撫する。舌下をくすぐり唾液を啜りあげ、上顎や歯の裏側を丁寧に舐めていく。

すると、ついに雛乃も愛欲に火が点いたようだった。

「んふぁ……あう、レロッ。ちゅばっ」

「ふぁう、雛……レロッ」

突然スイッチが入ったかのように、雛乃の舌が踊り出した。浅い息を吐きながら、懸命に伸ばした舌を動かすのだ。

思いが通じ合ったようだった。良介は興奮し、まさぐる右手を彼女の左の乳房に置いて、バスタオルの上から揉みしだく。

「んふうっ。んっ」

雛乃は喘ぎを漏らし、身を捩る。

処女の乳房は硬く、まだこなれていないように感じられた。だが、それはバスタオルの上から触っているからかもしれない。

彼女の体が見たい。良介は鼻息を荒らげ、乳房にしゃぶりつこうとした。

ところが、バスタオルを外そうとしたところで、雛乃が訴える。

「イヤッ。あかん、恥ずかしい」

「どうして。怖がらなくて大丈夫だよ」

「でも……」

どうやら言い聞かせるだけではダメらしい。雛乃は涙目でバスタオルの裾を握り締め、決して手放そうとしない。

だが、良介もティーンエイジャーではない。正攻法でダメなら、搦め手で落とすまでだ。

「可愛いよ、雛乃」

精一杯大人の雰囲気をただよわせながら、彼女のうなじに吸いついた。

舌先が触れたとたん、雛乃はビクンと体を震わせる。

「あっ……あかん……」

「ああ、いい匂いだ」

耳元で囁きつつ、舌を這わせていく。後れ毛が口の中に入った。

「レロッ……」

「んっ……あんっ」

雛乃は顔を真っ赤にして堪えている。だが、良介の舌が首から耳、さらには耳の穴までくすぐると、焦れったそうに体をもぞもぞさせる。

「んはあっ、イッ……」

「ハアッ、ハアッ。レロ」

処女でも愛撫には感じるのだ。良介は息を荒らげながら、これまでの女性経験で培ってきたテクニックの全てを駆使しようとした。

やがて舌は耳から鎖骨辺りへと降りていく。

(なんて美しい肌なんだ)

ひと言で言えばみずみずしい。十九歳の乙女の肌は突き抜けるように白く、茹でたての卵のようにつるんとしている。

良介は舌を伸ばし、デコルテから膨らみの麓へと進む。

「レロッ、ちゅばっ」

「ふうっ、ふうっ」

雛乃は目を閉じ、苦しそうな息を吐いた。感じてはいるのだ。だが、まだ自らの肉体の反応にとまどい、欲望があらわになるのを恐れているようだった。

それでも、彼女の警戒心を緩ませるのには成功したらしい。

「ああん、どうしよう。声が出ちゃう――」

「いいんだよ、声を出したかったら出して」

良介は励ましながら、足元の毛布を引っ張り上げる。雛乃の首もとまで覆うようにすると、同時に乳房に顔を埋める。

「あっ。良介さんっ」

「雛乃ちゃんっ」

一連の流れでバスタオルを剝いでしまった。毛布を掛けたおかげで、今度は雛乃も逆らわない。ぷるんと柔らかな膨らみを逃がさないよう摑まえる。

「雛乃ちゃんのオッパイ、ふわふわで柔らかい」

良介は口走りつつ、手のひらで膨らみの弾力を確かめる。大きさはC、もしくはDカップくらいだろうか。お椀型の乳房は仰向けでも形が崩れなかった。

だが、決して乱暴には揉みしだかない。あくまでやさしく、丁寧に、貴重な芸術品を愛でるように撫で、微妙な力加減で肌を刺激した。

「ハッ、ハッ……ああ……」

雛乃は呼吸を速め、もぞもぞと身悶える。本能的に彼の手首をつかんでくるが、退けようとする力は弱い。

ガードが下がったのを感じた良介は、思い切って乳首にしゃぶりつく。

「はむ……ちゅぱっ、レロ……」

尖りは硬く締まっている。甘い果実を口の中で転がしているようだ。

敏感な部分への愛撫に、雛乃も敏感な反応を見せる。

「はうっ。あ……あかんて」

「ちゅぱっ、ここが感じるの？」

「ヤンッ。感じ……くすぐったい」

女の悦びを解放しつつある雛乃だが、まだ羞恥のほうが勝っているようだ。

しかし、毛布の目隠しが奏功して、バスタオルはすっかりはだけていた。

「ハアッ、ハアッ」

良介は尖りを口に含みつつ、腰のくびれに手を這わせていく。手に吸いつくような
肌の感触を確かめながら、ゆっくりと下腹部へと忍び寄る。

「ハアッ。ああ……」

着実に雛乃は愛撫に身を委(ゆだ)ねていく。強ばっていた四肢からも緊張が解け、いまや
押し寄せる愉悦の波にさらわれないよう、必死の支えとしているだけだ。

毛布の中で良介は乙女の絹肌に溺れていた。

「ちゅぱっ。ちゅぽ」

乳首はますます勃起していくようだ。良介は唇で挟んだ尖りを舌先で転がし、同時に手は内腿を這い上っていく。

そしてついに指先が、股間の柔毛に触れる。

「――んあっ。そこは……」

雛乃が驚いたように身を震わせるが、良介はやめない。

「雛乃ちゃん」

乳首を離し、毛布から顔を上げて見つめ合った。

「ああ、良介さん……」

「好きだ」

「わたしも――イヤッ」

雛乃が高い声をあげたのは、指が淫裂に触れたからだった。

「ハアッ、ハアッ。雛乃ちゃん、可愛いよ」

良介は口走りつつ、雛乃の唇を塞ぐ。

「んふうっ、んっ……」

彼女がキスに気を取られている間に、股間に這わせた指を溝に埋める。

（濡れている……）

ぐにゅりとした大陰唇を割って入り、まさぐる媚肉の奥は、洪水状態とはいえないまでも、確かに愛液を滴らせていた。さらりとしたぬめりだった。

良介は指先を蠢かし、慎重に粘膜をマッサージする。

「雛乃ちゃん、感じる？」

「んはっ、んんっ……イヤ」

耳の縁を真っ赤にし、雛乃はむずかるように首を左右する。葛藤しているのだ。

その仕草がたまらず、良介は彼女の耳たぶを咬んだ。

「はむ——」

「ひゃっ……あかぁん、良介さ……はあぁっ」

恥じらいながらも雛乃が感じているのは、漏れ出る甘え声で分かった。さらに身悶えるせいで、毛布がはだけて乳房が曝け出されているのにも、すっかり気にならなくなっているようだ。

花弁を弄るように指先を捏ねると、くちゅくちゅと音を立てた。

「ハアッ、ハアッ」

「あっ。あんっ、ああ……」

まさに蕾(つぼみ)がほどけていくのを見るようだった。羞恥の殻に閉じこもっていた雛乃が、女の悦びに自分を明け渡していくさまが目にも明らかだった。

「ハアッ、ハアッ」

愛撫する良介も息を荒らげていた。すでに逸物は重苦しいほどに勃起している。彼女が欲しい。切実な欲望がグッとこみ上げてきた。

「雛乃ちゃん、いい？」

良介は秘部を掻き回しながら訊ねる。

すると、雛乃は苦しい息の下で答えた。

「んっ。あふっ……うん」

「ああ、雛乃――」

消え入るような返事の声に、肉棒は一層いきり立つ。良介は雛乃に脚を開かせ、その間に割って入った。

「無理だったら言ってね」

「うん……ちょっと怖い」

「大丈夫だよ――」

怯える雛乃を安心させるように言うと、良介は体を寄せていく。

先走りを吐く肉棒が、まもなく可憐な花弁に触れた。

「おお……」

「……っは」

雛乃が短く息を吸い込んだようだった。

ぬめりに触れたとたん、良介はたまらなくなり、肉傘を蜜壺に突き入れる。

「ふうっ——」

「ああっ、イッ……」

だが、とたんに雛乃は怯えた声をあげて、身を引いてしまう。

良介もいったん止まるしかなかった。

「痛かった？」

「うう……ちょっとだけ」

顔を真っ赤にした雛乃は、潤んだ瞳で見上げてくる。しかし、良介が反応するより早く、すぐに言い直した。

「ちょっとだけ、怖かったねんけど、平気や。やめるとか言わんといて」

「雛乃ちゃん……」

「ほんまやって。な、それとももうウンザリしはったん？」

そんな風に言われると、返す言葉はない。乙女の必死の懇請に、良介は胸を打たれた。自分がなんとかしてあげなければ、という気になってくる。

「じゃあ、もう一度試してみよう。でも、ダメそうならそう言うんだよ」

「うん、分かった。良介さんって、やさしいんやね」

雛乃はそう言うと、首をもたげてキスしてきた。

彼女も必死なのだ。良介はさらに愛おしさが募り、改めて肉棒を構える。

「体の力を抜いて」

「うん」

再チャレンジは慎重にいくことにした。良介はペニスの根元をつかみ、まずは亀頭をぬめりに擦りつける。

「ハッ、ハッ」

「んんっ……うう……」

先走りと牝汁が混ざり、双方の滑りをよくする。張り詰めた肉傘で花弁を弾き、ぷりっと飛び出た肉芽も刺激した。

「はううっ。ああ……」

雛乃は目を閉じて喘ぐ。しっかり感じている。濡れ具合も十分と見た良介は、再び硬直を蜜壺めがけて押し込んでいく。

「おおっ、雛乃ちゃん」

「ふうっ、ふうっ」

ゆっくりゆっくりと進む。雛乃は胸を喘がせ、突入の時に身構えている。

やがて花弁が亀頭を覆い、痺れるような欲情が突き上げてきた良介は、思い切って腰を前にせり出した。

ところが、三分の一も進まないうちに障害物にぶつかる。

「うう……ふうっ」

「んぐ……あかんっ、痛ったぁい」

雛乃はいきなり叫ぶと、腕を伸ばして彼の胸を突き返してきた。

処女膜に阻(はば)まれたあげく、破瓜の痛みに耐えられなかったのだ。

「やっぱりダメか──」

身を引いた良介はため息をつく。可憐な少女が痛いと言うのを無理強いすることはできなかった。

一方、目の端に涙を浮かべる雛乃も落胆しているようだった。

「ごめんなさい。どうしても怖くて……」

赤みがかった薄明かりの下、二人はしばらく静かに横たわっていた。

すでに良介は半ばあきらめかけている。雛乃のことは好きだが、彼女とはあくまで旅の途中で出会ったに過ぎない。毛布の下で、いまだ萎えようとしないペニスが皮肉に感じられた。

（やっぱり、俺がバージンを奪うなんて無理なんだ）

別れた瑠璃のことが思い出される。元同僚だった彼女は処女ではなかったが、八歳年下ということもあり、最初の時は緊張したものだ。

恋人だった瑠璃が相手なら、無理にでも思いを遂げただろう。しかし、雛乃はちがう。そんな遠慮がどこかにあった。

かたや雛乃も何やら物思いに耽っているようだ。顎まで毛布を被り、薄暗い部屋のどこか一点を見つめている。

しかし、その横顔は美しかった。処女の怯えと、女としての矜持が内部で葛藤しているようだった。

ついに良介が沈黙を破る。

「思うんだけどさ、俺——」

「わたしじゃダメですか」

ところが、同じタイミングで雛乃が口を開いた。良介は言葉を呑み込み、彼女に合わせた。

「どういうこと？　そんなわけないじゃないか」

「そやかて……。ううん、良介さんが悪いんやない。わたしが意気地なしなだけやんな……」

語尾はほとんど言葉にならない。雛乃は毛布を鼻まで引き上げたかと思うと、啜り泣きを始めてしまう。

「雛乃ちゃん――」

良介は胸が痛んだ。最初にこちらを責めるような言い方をしたのも、寄る辺なさの裏返しだったのだ。そこまでの覚悟があって、彼女は告白し、破瓜を願い出たのだと思うと、途中で投げだそうとした自分が情けない。

「分かった。だけど、無理するのはやめよう」

「え……じゃあ」

雛乃が涙を溜めた目で見つめ返してくる。

良介は体を起こし、安心させるような笑みを浮かべて言った。

「挿入するだけがセックスじゃないからね」

「どういうこと――」

聞き返そうとする雛乃の唇を良介は唇で塞いだ。

「ん……」

「雛乃……可愛いよ。ダメなもんか、俺だって君が欲しくてたまらないんだ」

「ああ、うれしい。良介さん」

良介が舌を伸ばすと、雛乃も積極的に舌を絡めてくる。

「ふぁう、レロ……」

「レロッ、ちゅうぅ」

涙の味がする、少し塩っぱいキスだった。だが、互いの思いは通じ合ったようだ。

良介は懸命に舌を絡め、甘い息を呑み込んだ。

「んふぅ、んん……」

雛乃はウットリとした表情を浮かべていた。最初のキスとは比べものにならないほど、扇情的に舌を絡めてくる。一度目の挫折を経て、この短い間に確実な成長を遂げていた。

「おお、雛乃ちゃん……」

良介は感動を覚え、簡単にあきらめようとした自分を反省した。人は変われるのだ。十九歳の娘に教えられた気がすると同時に、乙女が花開くさまを目の当たりにする思いに欲情を昂ぶらせた。

「ぷはっ——雛乃ちゃんは、とってもきれいだよ」

励ますように声をかけながら、舌を這わせて胸の谷間へと降りていく。丸みを帯びた稜線を登り、頂上の尖りを舌先で弾く。

「あんっ、良介さんのエッチ……」

ビクンと跳ねた雛乃も感じているようだ。

「ハアッ、ハアッ。ぴちゅるっ」

良介は息を荒らげつつ、ピンクの乳首を吸いたてる。同じ色をした乳輪が、肌色に淡く融けていくグラデーションが美しい。

さらに彼は双丘を両手で押しつぶすように寄せ、内側に向いた二つの乳首を代わる代わるしゃぶった。

「ちゅぱっ。ちゅうぅ……みちゅ」

「んっ、あっ、あっ。そんなんされたら」

「オッパイが感じやすいんだ」

「あんっ、だって……」

男に体をこねくり回され、雛乃は悩ましい表情を浮かべた。いまだ処女膜は張っているにしろ、肉体は悦楽を得るほどに十分成長しているのだ。

敏感な反応に気をよくした良介は、両手に乳房をつかんだまま、顔の位置だけ下げていった。

ヘソ周りを中心にして、雛乃の平らなお腹を舐めたくる。

「ハアッ、ハアッ。どこもかしこも、いい匂いだ」

「ああん、良介さんくすぐったい」

甘えた声を出し、雛乃はもぞもぞと体を捩らせる。

その間にも良介は両手を脇腹に這わせ、責める箇所をさらに押し下げていく。

「ハアッ、ハアッ。レロ……」

顎にふわりと恥毛が触れる。その下から牝臭がほんのり漂ってくる。

「あんっ、ダメ。あかん」

身悶えながらも、太腿を閉じようとする雛乃。処女の本能的な反応だろう。だが、

良介は強引に脚を開かせ、一瞬の隙に顔をねじ込むようにした。

「イヤアッ、そんなとこ──」

「ああ、雛乃ちゃんのここ、とってもいやらしい匂いがする」

「ダメえっ」

雛乃が葛藤に声をあげるのもかまわず、良介は裂け目を舌で舐めあげた。

「ベロ――」

「ひゃうぅ……」

良介は跳ね上がりそうになる腰を押さえ込み、媚肉にむしゃぶりつく。

「レロッ、ちゅる」

浴室できれいに洗ったのだろう、秘部は清潔な香りがした。ところが、中からあふれ出る蜜液が生々しい牝臭を放ち、やがてボディソープの匂いを完全に覆い隠してしまう。

良介は無我夢中で処女の媚肉を貪った。

「レロレロッ、ちゅるっ、ちゅぱっ」

「んはあっ、ああっ、あかん」

しだいに雛乃の息が上がってくる。腰を反らして胸を張るようにし、顎を持ち上げて全身を突っ張らせていく。

みるみる花弁は充血し、ぬめりも濃く密度を高めていった。

「ああっ、イイッ。あふっ……あかんて」

「んー？　気持ちいいの」

「うん。あっ……ヤバイ。わたし――」

雛乃はグッと両足を踏ん張るようにして、太腿を思い切り閉じようとした。

良介はこめかみを万力で締めつけられるような痛みに襲われるが、舌先を動かすのをやめようとはしない。

「レロッ、ちゅるるっ、ちゅぱっ」

一番敏感な部分である肉芽に吸いつき、舌先でつつき、唇で挟む。

「んああーっ、めっちゃヤバイって。ねえ、良介さ――ああん」

「雛乃っ、雛乃ぉっ」

やまない舌技に雛乃は苦しそうにシーツをつかんだ。

「あっ、ああっ、ほんま……イイイーッ！」

最後は絶叫に近かった。完全に腰を持ち上げた雛乃は、四肢の筋肉を緊張させて、喉から絞り出すような声をあげた。イッたのだ。

良介が顔を上げたときには、雛乃は息を切らし、ぐったりと横たわっていた。

「雛乃ちゃん――」

「ハアッ、ハアッ。こんなの初めてや」

顔を真っ赤にした雛乃は言うと、良介の顔をつかんで長いキスをした。


絶頂の経験は女を変える。このときの雛乃もそうだった。

「ほんま、どうにかなってしまいそうやったわ」

悦びを伝える顔は充足感に満たされていた。挿入を断念したときと違い、二人の体は密着した状態だった。

良介は彼女の髪を撫でながら言う。

「雛乃ちゃんが気持ちよさそうでよかったよ」

「わたしも、良介さんにお願いしてよかった」

上目遣いで雛乃が見つめ返してくる。照れ臭そうな笑みが愛おしい。

「でも、これで分かっただろう？　インサートするだけがセックスじゃないって」

「そやなぁ。さすがは良介センセやわ」

「コラ。大人をからかうんじゃないよ」

良介はふと、自分が頼られているのを実感する。雛乃からすれば一回りも年上なのだから当たり前だともいえるが、職場でチーフになっても今ひとつ自覚の足りなかった彼からしたら、これも一つの前進であった。

　一方、絶頂のあられもない姿を見せた雛乃も、すっかり良介に気を許しているようだった。彼の肩に顎をちょこんと乗せ、瞳をキラキラさせて言う。

「わたし、良介さんのおかげで少し自信が付いた気がする」

「そう。それはよかったね」

「そやからセンセ、レッスン２もお願いします」

「え」

　確かにまだ本来の目的は達していない。しかし、良介は彼女のほうから積極的にせがんでくるとは思わなかったのだ。

　雛乃はさらに顔を近づけてくる。

「わたしだって、もうキスくらいできんねんで──」

　彼女は言うと、唇をゆっくりと重ねてきた。

　しっとりした感触と、女の甘い息が良介を陶然とさせる。

「雛乃ちゃん……」

「ん……良介さん」

　しんねりと押しつけられた唇はやがて開き、中から熱い舌が差し出される。

本人も言うように、雛乃はいつしか大人のキスを覚えていた。

「んふぁ……レロ……」

可愛い舌が口内でのたうつのを感じ、良介の欲望は煽り立てられる。

「うう、雛乃……」

おのずと手が乳房に伸びる。指の股で挟んだ乳首はピンと勃っていた。

「んふぅ、んっ……んん」

唇を押しつけたまま、雛乃は眉間に皺を寄せる。先ほどまでよりさらに感じやすい体になっているようだ。

そこで良介は乳房においた手を下半身へと持っていく。

「雛乃ちゃん、濡れてる——」

「あんっ、あかん」

媚肉は愛液に塗れていた。新たに牝汁がとめどなくあふれ出てくる。舌を絡め合わせただけで、ここまで感じるようになったのだ。女としての準備は十二分に整っていた。

良介はスリットに指を這わせながら、胸の尖りに吸いつく。

「ちゅぽっ」

「はううっ。ああ、どないしよ……」

仰向けに寝た雛乃は声を漏らし、愛撫に身を委ねている。先ほどまでのように秘部を隠そうとはせず、今では手淫をねだるかのごとく脚を広げていた。

「あんっ、ああっ、イイッ」

「雛乃ちゃんの感じてる顔、すごく可愛いよ」

良介は指を鉤型に曲げ、花弁からすくった牝汁を肉芽に擦りつけるようにした。

「あっ、ああん。気持ちええの、良介さぁん」

「俺も——雛乃ちゃんも、俺のを触って」

すると誘導するまでもなく、雛乃自ら手探りで陰茎を摑まえてきた。

「ああっ、硬い……」

「おお……可愛い手で俺のチ×ポを……。それで上下に擦ってくれる？」

「ん。こう？」

身悶えながらの手淫だけに、ましてや慣れない雛乃ではぎこちなくなるのもしかたがない。握る加減も、今ひとつ安定しない。

しかし、手慣れないからこそ愛おしい。良介は思わず呻く。

「ううっ、気持ちいいよ。雛乃ちゃん」

「ほんま？　良介さんもええの……あふうっ」

　互いの秘部を手で慰め合い、悦楽を交歓する。セックスが共同作業であることを感じさせる瞬間であった。

　すると、まもなく雛乃が大きく胸を喘がせる。

「ああっ、あかんまた……。こんなにエッチが気持ちええの、知らんかった」

「ハアッ、ハアッ。そうだよ、俺も……うう」

　感じるとともに雛乃が握りを強くするので、肉棒はたまらず先走りを噴きこぼす。

　やがて雛乃が腰を浮かせ始める。

「ねえ、良介さん――」

「なぁに」

「わたし……あんっ。したく、なってきちゃった」

「雛乃ちゃん……」

　なんと向こうから挿入をせがんできたのだ。だが、さっきはあれほど痛がったのだ。劣情のあまり口走ったとしか思えないが、良介も欲情していた。

「大好きだよ、雛乃ちゃん」

　彼はそれだけ言うと、雛乃の上に覆い被さった。

見上げてくる雛乃の目はトロンと蕩けている。

「良介さんが、欲しい」

まだ幼さの残る顔で、そんなことを言われたら、良介ならずとも男なら誰でも発憤してしまうだろう。

「雛乃――」

「良介さん」

良介は覆い被さり、キスをした。その間に、青筋浮き立つ怒張を捧げ、亀頭で探りながら花弁のあわいに突き刺していく。

「ふうっ、ふうっ」

「んふ……んんっ！」

一瞬顔を顰める雛乃だが、痛みから意識を逸らすためか、両手で彼の顔を引き寄せて、強く唇を押しつけてきた。

乙女の健気な決意に良介も応える。

(今度は途中でやめないよ)

若い娘が辛そうな顔を見るのはたまらない。だが、貫通が彼女の願いなのだ。蜜壺のぬめりは十分だった。良介は亀頭に引っかかりを感じながらも、強引に腰を引き寄せていった。

「イヤアアアッ」

ついに耐えきれず、雛乃が叫んだ。彼の肩をつかんだ指に力がこもり、爪が肌に食い込んでくる。

良介は肩に鋭い痛みを感じる。だが、お互い様なのだ。

「ううっ……ふうっ」

「……んあぁ」

しかし、破瓜の一瞬は過ぎた。肉棒は根元まで花弁に埋もれていた。

良介はしばらくそのまま動かずにいた。

「やったね。全部、入ったよ」

「——え。ほんま?」

見上げた雛乃の目尻にぽっちりと涙の玉が浮かんでいる。痛みに耐えていたのだろう。だが、その涙の玉がみるみる大きくなっていったのは、ついに破瓜を果たしたという安堵感からだっただろう。

「うれしい。これでわたし、女になれたんやね」

「ああ。どこから見ても、最高の女だよ」

互いの努力が実った瞬間だった。しかし、これでセックスが完結したわけではない。

「雛乃ちゃん、いくよ」

「うん」

良介は慎重に腰を引いていく。太竿にゅるりとまといつくのは愛液か、あるいは処女膜を破ったときの血も混ざっているのかもしれない。

とたんに雛乃の表情が険しくなる。

「んん、いっ……ふうっ、ふうっ」

「大丈夫？　まだ痛い？」

心配になった良介の腰がピタリと止まる。

だが、雛乃は訴えるように言った。

「平気や。止めないで」

「でも——」

「ちょびっとだけ……。けど、ほんまにさっきより痛くないねん」

本当だろうか。とまどいを隠しきれない良介だが、本人が言うのだ。望みを叶えてやるしかなかった。

「分かった。じゃあ、最初はゆっくりね」

改めて引いた腰を前に突き出す。あくまで様子を見ながらだ。

すると、雛乃も今度は顔を顰めなかった。

「ん……。ああ、大丈夫。平気になってきたみたい」

もう慣れてきたというのだろうか。良介は若い娘の順応力に感心しつつ、大きくゆったりした振幅をさらに二度三度と繰り返した。

「ハアッ……ハアッ……」

「んっふ……あん……」

しだいに抽送は形をとり始めてきた。雛乃を気遣う良介も、自身の快楽に意識が向かうようになる。

「おおっ、雛乃ちゃん。ハアッ、ハアッ」

処女の蜜壺は狭く、肉棒がきつく握り締められているようだ。ぬめりが十分なため抽送に支障はないものの、腰を引くたび、張り出した肉傘の返しが押しつぶされるようだった。

かたや雛乃も、徐々に痛みから悦びに変わっていくようだった。

「ああっ。ふうっ、ああん」

喘ぎ声に甘さが混ざるようになり、股関節の力みも解けていく。

気がつくと、良介は本格的にストロークを繰り出していた。

「ハアッ、ハアッ。ううっ、締まる……」

「あんっ、あっ。何これ？　なんか変──」

「変な感じ？　気持ちよくなってきたの」

「うん……分からへん。けど……良介さぁん」

ふいに雛乃が首をもたげ、良介にしがみついてきた。顔が真っ赤だ。

「ああん、イッ……」

しかし、すぐにぐたりと倒れ込んでしまう。生まれて初めての感覚に、自分でもどうしていいか分からないといったふうだ。

今まさに花開いた乙女の艶姿（あですがた）に、良介はいやが上にも昂ぶった。

「雛乃ちゃん、雛乃っ」

名前を呼びかけながら、遠慮なしに蜜壺を抉る。

「あんっ、ハアッ。イイッ、あああっ」

結合部はぐちゅぐちゅと粘った音を立て、充血した花弁が太茎をしっかり包む。

肉棒は温もりの中で盛んに先走りを吐き、さらに快感を貪った。

「ハアッ、ハアッ、ハアッ、ハアッ」

「あっ、ああん、あふっ、ああっ」

息を上げ、ウットリと目を閉じた雛乃。女の悦びに浸り、所在なげに蠢く手が快感の深さを表わしている。

やがて陰嚢の裏から悦楽の塊が突き上げてくる。

「ああ、もうダメだ。雛乃ちゃん、俺——」

「あっ、あっ、あっ、あっ。どないしよ、勝手に声が」

一方の雛乃も頂点に近づいているようだ。顎を反らし、暴れようとする体を必死になだめているようにも見えた。

良介はもはや貪欲を抑えきれなくなり、本能のままにグラインドした。

「ハアッ、ハアッ。ぬあぁ……雛乃ぉっ」

「あんっ、イイッ。良す……ハアァン」

「このままイクよ。出すよ」

「うん、きて……はううっ、あかん。わたしもまた——」

雛乃は言いかけたきり、言葉を呑み込んだ。一瞬愕然としたように目を見開き、丸く口を開いたかと思うと、突然全てが瓦解したように高く喘いだ。

「ああああーっ、イクうううーっ」

彼女が腰を浮かせた拍子に蜜壺が締まり、肉棒から白濁液が搾り出された。

「おうっ、出るっ――」

花弁からあふれ出るのではないかと思うほど、大量の精液が注がれた。良介の頭が真っ白になる。

すると、雛乃も射精を感じたらしく、強ばった体を震わせる。

「ああ、良介さん……」

誇らしげに胸を張り、恥骨をせり出すようにして、注ぎ込まれた男の精をなおも搾り尽くそうとするのだった。

良介は余韻を味わうように徐々にストロークを収め、やがてピタリと止める。

「雛乃ちゃん、よかったよ」

「ほんまにありがとう、良介さん」

雛乃はまだ荒い息をつきながらも、感謝を伝えようとした。汗で髪は乱れていたが、顔は女になった喜びに輝いていた。

事を終えた頃、ちょうど牛スジが煮上がっていた。

服を着直した二人は、テーブルについて出来上がった料理を試食する。

「お。結構染みてるね。雛乃ちゃんはどう？」

牛スジは箸で崩せるほどだった。良介に続いて、雛乃も口に運ぶ。

「うん、美味しい。お母さんが作ったんと、同じくらい美味しいわ」

「そっか。雛乃ちゃんが言うなら間違いないな」

京都生まれ京都育ちの彼女が認めるのだ。教える立場だったとはいえ、良介も正直言って一安心といったところだった。

別れ際、雛乃はまっすぐな目でこう言った。

「おかげで自信が付いたみたいやわ。おおきに」

「いや、こちらこそ。楽しかったよ」

良介にとっても、教えられることが多い一日だった。レンタルルームを出た後、ほどなくして二人は別れた。雛乃が最後に言った「おおきに」は、観光客相手の店屋以外ではあまり聞かない。その距離の置き方が意味するところは明らかだった。もはや彼女は自立したのであり、もう二度と会うこともないだろうことを。

第四章　妖艶三姉妹とトロッコ列車に乗って

その日、良介は朝から出かけ、嵐山まで足を伸ばした。

京都駅から急行で嵯峨嵐山まで行き、そこからトロッコ列車に乗るつもりだ。

「うーん、今日もいい天気だ」

いったん駅を出て、鮮烈な冬の空気を深呼吸する。人の流れについて歩いて行くと、揚げ物の美味そうな匂いがただよってきた。

「朝飯代わりに、軽くつまんでいくか」

良介が立ち寄ったのは、町の精肉店だ。ここの「牛肉コロッケ」は評判の一品で、出張中に訪れようと思っていた店の一つだった。

早速、揚げたての牛肉コロッケを一つ買う。

「あちち……」

店先で湯気の立つコロッケを何もつけずに食べる。美味い。外は粒が粗めの衣がさつくり、中はホクホクのジャガ芋に牛肉の旨味がたっぷり詰まっている。

そうして良介が一人胃袋を温めていると、話しかけてくる女性がいた。

「ここん家の串カツも美味しおすえ」

雅な言葉遣いに驚いて見ると、着物姿の美女が微笑んでいた。

女の楚々とした佇まいに良介は息を呑む。

「観光でいらはったんですか」

「え、ええ。まあ……」

いったい何者だろう。たしかに京都の町を歩いていると、着物姿の女性はちょくちょく見かける。しかし、その多くは着物をレンタルした観光客だったり、あるいは花街の玄人筋、すなわち芸妓や舞妓などであった。

だが、目の前にいる女性はそのどれとも違う。着物は渋い藍色の格子柄で、上に深い朱色の長羽織をさらりと着こなしている。年の頃は三十後半くらいだろうか。髪も派手でなく結い上げて、どこかのマダムといった風情の熟女である。

(これが京都か――)

良介は、今になって初めて古都の神髄を目の当たりにした気がする。

ところが、彼が見惚れてボンヤリしているのを、女は怪訝に思ったのか、

「ほな、ご機嫌よう」

と言って、立ち去りかけてしまう。慌てて良介は呼び止めようとした。

「いや、あの――」

絶好のチャンスをフイにしてしまった。良介が絶望に陥（おちい）りかけたとき、賑やかな声が近づいてきた。

「姉さん、どこ行ってたん。探したやないの」

「もう、悠里（ゆり）姉ってば、子供やないんやから」

現れた二人は洋服姿だった。話しぶりからすると姉妹らしい。悠里と呼ばれた和装の長姉はのんびり応じる。

「二人してやいやい言うて。姉さんはな、こちらさんに京都のええとこをご案内してたところやないの」

彼女が言うと、後から来た二人は同時に良介を見た。

突然注目の的となった良介は、口ごもりながらもなんとか言い添える。

「え、ええ。そうなんですよ、そこのお肉屋さんのコロッケを食べていたら、お姉さんが――その、串カツもお勧めだって」

「そやろ。うちかて、そうそう迷子にならしまへん」

悠里はひと言交わしただけで立ち去りかけたことなどおくびにも出さず、泰然として妹たちの追及を受け流した。

行きがかり上、良介は改めて自己紹介する。

「寺井良介といいます。東京から来ました」

「あら。お寺さんやなんて、えらい縁起がええお名前やなぁ」

「姉さんは少し黙っとき――こののんびりしたんが長女の横山悠里で、わたしは次女の摩耶いいます」

「で、一番可愛いあたしが三女の京。よろしゅう」

横山三姉妹は、市街でブティック兼カフェを共同経営しているという。今日のような休みの日には、嵐山の温泉旅館で骨休めするのだと語っていた。なんとも優雅な過ごし方だ。

「良ちゃんもトロッコ列車に乗るんやろ。ほな、一緒に乗ろうや」

良介のことをいきなり愛称で呼び、同行を持ちかけたのは三女の京だった。結局ほかの二人も賛成し、男一人女三人の不思議な道中が始まった。

三姉妹はそれぞれが個性的だった。次女の摩耶は一番背が高く、艶やかなロングへアーにウール素材のトレンチコートがよく似合う。それに対して、三女の京は小柄でクリクリした目がよく動き、髪は長めのショートボブ、フード付きのピンクのふわもこダッフルコートが可愛らしい。長女の悠里は先にも述べたとおり、和服の似合うのんびりした美熟女だった。

トロッコ列車は五車両あるうち、最後尾の一車両だけがオープンカースタイルになっている。しかし、真冬ということもあり、さすがに吹きさらしは厳しいと、一行は窓ありの指定席を選んだ。

小さめの車両には四人掛けのボックス席が並んでいて、良介と悠里が並んで座ることになった。

「良介はん、きつうおまへんか」

「ええ。すみません、窓側に座らせてもらっちゃって」

すると、良介たちよりも前方の席にいる摩耶と京も話しかけてくる。

「ええんよ、そんな気ぃ使わんで。わたしらは何度も乗ってるんやし」

「良ちゃんはお客さまやモン。楽しんでもらわんと」

華やかな三姉妹に囲まれ、良介も悪い気はしない。

（まるで『細雪（ささめゆき）』の世界だな）

学生の頃に読んだ谷崎潤一郎の名著を思い浮かべた。あれは四姉妹の話だったが、やはり京都の風情が情緒たっぷりに描かれていたように思う。

列車は保津川(ほづがわ)沿いの渓谷を縫って走っていく。

車窓の風景を眺めながら、良介が言う。

「冬の景色もいいものですね」

「そやろ。春や秋の色づいた風景も乙なモンやけど、うちは冬枯れた嵐山がよろしいと思うねんな」

「ええ、本当に」

「ほんま？　うれしいわぁ。良介はんとは気が合いそうや」

悠里はそう言って、衣擦(きぬず)れの音を立てながらしなを作る。良介の鼻孔にふわりとフアンデーションの甘い香りがした。いや、この場合は「白粉(おしろい)」というべきか。

まもなく列車はトンネルに入り、車内は薄暗がりに包まれる。事件が起きたのはこのときだ。

（――え……？）

ふと良介は脚に違和感を覚える。何かが触れているのだ。

耳には轟々(ごうごう)と走行音が鳴り響いていた。思わず暗い窓を見つめるが、反射して映る悠里はまっすぐ前を向いたままだった。

だが、違和感のもとを辿ると、良介の太腿には悠里の手が載せられていた。

（どういうつもりだ……）

一気に鼓動が高鳴るが、直接彼女に訊ねることなどできない。

悠里は知らん顔を決め込みながらも、手を動かし続ける。すらりと伸びた指先が、ジワジワと内腿へと下っていく。

「ふうっ……ふうっ」

良介は昂ぶる気持ちをなんとか抑えようと努める。

列車はまもなくトンネルを抜けようとしていた。だが、その間にも素早く熟女の手は彼の下着の中まで入り込んでくる。

（あっ……）

驚く暇もなく、悠里は肉棒を摑まえていた。下を向いていた逸物を臍のほうに持ち上げて、手のひらで裏筋を撫でるように扱き始めたのだ。

「マ、マズイですよ……」

良介は言おうとするが、声にならない。一瞬見やった悠里の横顔が、ニヤリと笑ったように見えた。

時間が止まったように思われる。だが気がつくと、列車は無情にもトンネルを抜けてしまっていた。

外の明るい日差しが車内を照らす。

だが、相変わらず下着の中では、肉棒が擦られ続けていた。

「うう……くっ……」

こんなところを人に見られたら、大変なことになる。幸い、車内はさほど混んではおらず、他の客たちは外の風景に気を取られているが、いつ気付かれてもおかしくない。良介の脳裏を怯えが走るが、それ以上に手淫の快楽が上回っていた。

（マズイ。このままじゃ――）

理性と本能が葛藤する。欲望は暴力的だ。周囲の景色がかすんでいった。

すると、まるで彼の思いを察したかのように、悠里の扱く手が激しさを増していく。とくに裏筋とカリ首の際(きわ)を重点的に責めるのだ。

（ああ、もうダメだ……）

声が出るのを堪えるのが精一杯だった。良介はついにパンツの中で盛大に射精してしまった。

「ふうっ、ふうっ」

直後は頭が真っ白だった。途中で止めさせることもできたはずだが、結局は背徳的な悦びに負けてしまったのだ。ベタベタになった股間が気持ち悪い。

悠里を見ると、彼女は平然としてハンカチで手を拭(ぬぐ)っている。運がいいことに、誰にもバレてはいなかったらしい。

(信じられない。こんな公衆の面前で)

良介は、和装の熟女を驚きの目で眺める。おっとりした古風な美女だと思っていたら、実はとんでもない痴女だったのだ。

すると、視線に気付いた悠里が、彼の耳元に口を寄せて囁く。

「後できれいにしてあげるさかい、堪忍(かんにん)え」

「え……いえ」

そうする間に列車は終点の亀岡(かめおか)駅に着いていた。

駅を降りると、良介は言った。

「すみません、ちょっとトイレに行ってきます」

暴発したパンツの中が気持ち悪かったのだ。一刻も早く洗いたい。

すると、悠里もそれで思い立ったかのように言い出す。

「ついでにうちも寄っていくわ」

ほかの二人は何も気付いていないようだ。「早(は)よしてや」と言っただけで、さして興味もない風だった。

良介と悠里は並んで歩く。

「温い季節やったら、川下りして遊べるんやけどな」

「あー、それも楽しそうですね……」

良介は調子を合わせながらも、乙に澄ました熟女の横顔を窺う。さっきのは何だったのだろう。

ところが、駅前のトイレは観光客が列をなしていた。

「参ったな。これはしばらく待つことになりそうだ」

ガッカリしかける良介に対し、悠里は行列を尻目に通り過ぎようとする。

「悠里さん？」

「あっこに並ぶんは素人さんやわ。うちらはこっちや」

彼女は言うと、並びにある店屋の裏手に回った。

すると、たしかにトイレらしき入口があるが、「従業員専用」と書いてある。

「いいんですか。勝手に使って」

「こんなんは観光客よけや。うちらは使てええことになっててんねん」

地元民専用ということだろうか。今ひとつ理解できないが、悠里の悠然とした態度におのずと引き込まれていく。

しかし問題は、個室が一つしかなさそうなことだ。

「悠里さん、お先にどうぞ」

良介は遠慮したつもりだが、悠里はかぶりを振って言った。

「何言うてはるの。うちがきれいにする言うたやん」

「え。でも、それは――」

「ええから。早よし。人に見られるえ」

扉を開いた悠里は、彼の手を取ってそそくさと個室に入り込んでしまう。

室内は意外に清潔だった。最新の多目的トイレらしく、広々として、ビデやら乳幼児用のおむつ台まで完備されている。

なぜか良介は小声で話していた。

「へえ、たしかに穴場かもしれない」

「そやろ」

一方の悠里は外にいるときと変わらない。良介の目の前に立った。

「さっきはいっぱい出はったな。ベトベトで気持ち悪いやろ」

「え……いや、ええ。まあ」

近くで見ると、熟女の端整な顔立ちが意識させられる。スッと伸びた鼻は形がよく、瓜実顔（うりざねがお）に切れ長の目が妖艶だった。

「うちがきれいにしてあげる——」

悠里は言うと、おもむろにベルトに手をかけてきた。

だが、良介も今さら逆らうつもりはない。濡れたパンツはガビガビになりかけており、一刻も早く脱ぎたかったからだ。

まろび出たペニスは、清々（せいせい）して伸びでもするかのように鎌首をもたげる。

それを目にした悠里は目を細めて微笑んだ。

「良介はんらしい、姿のええオチ×チンや」

言いながら、そっと手に載せて裏筋をかるく撫でる。

とたんに良介の体に電撃が走った。

「はうっ……ゆ、悠里さん」

「ほんまに感じやすいねんな。可愛いわ」

すると悠里はしゃがみ込み、硬度を増す肉棒の先っぽにキスをする。

「ちゅぱっ……んー、エッチな匂いがする」

「ハアッ、ハアッ。悠里さん……」

早くも息を上げる良介。列車内で悪戯(いたずら)され、さらにトイレに連れ込まれて、淫蕩な長姉の振る舞いに為す術(すべ)もなく身悶える。

やがて悠里は舌を長く伸ばし、その上に肉傘を載せてきた。

「アハァ、おいひ……我慢できひん、いただきます――」

しばらく亀頭を舌の上で転がしていたが、彼女自身欲情してきたらしく、おもむろに肉棒を深く咥え込んだ。

「はむ――じゅるじゅるっ」

「うはっ……そんな、悠里さんっ、まだ汚――」

「ううん、若い子のイカ臭いんが、ようけ付いとって美味しいわ」

「うう、エロい……」

良介は棒立ちで彼女の口舌奉仕を受ける。手淫で絶頂した直後だけになおのこと敏感になっている。

しゃがんだ悠里の奥襟から覗くうなじが色っぽい。

前後にストロークを加え、さらに手で陰嚢を揉みしだく。

「うふん、じゅぷっ、じゅっぷ」

「ハアッ、ハアッ、ハアッ」

気付くと、彼女の口中で肉棒は完勃起していた。絶え間なく襲いかかる快楽に、新たな透明汁がドクドクとあふれ出る。

しかし、悠里の責めはそれだけでは済まなかった。

「ぷはっ——ああん、逞しい牡の匂い」

口走った悠里は肉棒を手に持ち替え、思い切り扱くと同時に、玉の裏側や鼠径部にまでベロベロと舌を這わせてきた。

「アハァ、ああっ、ベロッ」

「マ、マズいよ悠里さん、そんなところまで——」

良介は熟女の貪欲さに舌を巻く。お掃除フェラというのは聞いたことがあるが、周囲にこびり付いたものまで舐め取ってくれるとは、相手が雅な雰囲気の女性なだけにギャップが激しい。

「ああん、レロッ。ちゅぱっ」

悠里は鼻息も荒く、強ばった良介の下半身を舌で清めた。

その間も、太茎は握り締めた手で扱かれ続けている。

「うはあっ、ハアッ。ああ、もうダメだ……」

力強いグリップに堪えられそうもない。良介は忙しなく息を吐きながら、身を仰け反らせていった。

すると、悠里も異変を感じ取ったらしく、慌ててまたペニスを咥え込む。

「かぽ――」

だが、今度は肉傘だけだ。張り詰めた亀頭をしゃぶりつつ、手淫で最後の仕上げにとりかかった。

「グチュグチュグチュ」

「うはあっ、ああダメだ出るっ」

温かい口中に白濁液が迸る。鋭い愉悦が良介の背筋を駆け上った。

「はうっ、うう……」

「んぐ……ごくん」

しかし悠里は責めを緩めることなく、肉棒にしゃぶりついたまま、出されたものを全部飲み干してしまう。

二発も立て続けに射精させられ、良介はフラフラだった。

「ハアッ、ハアッ、ハアッ」

一方、悠里は顔色一つ変えず、ハンカチで上品に口元を拭う。

「さ、これできれいになりましたわ。戻りましょうか」

「ええ……」

トイレを出る前、悠里は汚れたパンツを水洗いしてくれたが、絞っても冷たくてさすがに身に着けられず、仕方なく良介はノーパンのままズボンを穿いて外に出ることにした。


二人が戻ると、一行はバスに乗り、稗田野神社へ向かった。良介は悠里の淫乱ぶりに、一緒に行っていいものか躊躇したが、彼女のさらに増した色香に逆らえず、つい下心を抱きつつ同行した。

稗田野神社は、穀物を司る神を祀っており、五穀豊穣のご利益があるともされる。料理人の良介はもちろんだが、横山三姉妹もカフェを営むことから、本殿ではしっかりとお参りした。

その後、四人は近くの豆腐料理店に入った。

「湯豆腐言うたら、京都の名物やし、良介さんにも食べてもらいたいわ」

次女の摩耶が言うと、末娘の京も負けじと言い募る。

「ここん家のは、水が違うねんな。良ちゃん、ビックリしはると思う」

「こうさぶい日ぃは、お豆腐さんが一番ええわ」

最後に悠里が締めたところで、土鍋に入った湯豆腐が運ばれてくる。一人前ごとに膳が並べられ、ほかにも湯葉やがんも、ゴマ豆腐といった豆腐料理、さらにおこわと味噌汁が付いたセットになっている。

良介は、熱々の湯豆腐をまずは薬味なしでいただいてみた。

「ほふっ……うん、いい大豆の風味だ。でも、すごくさらっとしている」

食べた瞬間、食道から胃にかけて湯豆腐の温もりが広がる。豆腐自体はみずみずしく、舌触りも滑らかなさっぱりした味だが、下地の昆布だしが絶妙に利いて、深い余韻を楽しませてくれる。

しばらくそうして食べつつ歓談していたが、どうした話のきっかけか、ふいに三女の京が熱弁しだした。

「良ちゃん、ほんまやって。摩耶姉な、こう見えて昔はレースクイーンをやっとったねんで」

「こう見えて、は余計やろ」

話題となった摩耶は、言葉尻に「つまらないことを言うな」というニュアンスを滲ませながらも、まんざらでもない表情をした。

「へえ、そうなんだ」

良介は適当に調子を合わせたつもりだ。だが、その反応は京にとっては物足りないもののようだった。

「あー、良ちゃん、信じてへんやろ」

「い、いや。別に信じていないわけじゃないよ」

良介の反応が薄く感じられるとすれば、それは彼が車にもレースにも興味がなく、そもそもレースクイーンをよく知らないからだった。

ただ知らないながらも、レースクイーンといえば、サーキット場で水着みたいなコスチュームで立っている女の子というイメージがある。そういった女性は大抵スタイルがいいものだ。背が高く、メリハリボディの摩耶などは、むしろピッタリという感じがする。

良介は思ったことをそのまま伝えたが、どうしても京は納得してくれない。それどころか、ついにはこんなことを言い出した。

「なら、ええわ。良ちゃんに証拠を見せてあげる」

「ちょっと、京。あんた、妙なことを考えてへんやろな」

妹の暴走をたしなめる摩耶。良介はとまどう。

「証拠って……どうするの？」

「あたしたちが取ってる旅館まで一緒に行こ。そこで見せたるわ」

「ちょっと、京ってば――」

「ええやない。京ちゃんええこと言わはるわ。な、良介はんもそうし」

迷う摩耶に対し、悠里も三女の案に乗っかってきた。

しかし、三姉妹の一連のやりとりは、どこか仕組まれたものを感じる。トロッコ列車でのことがあった上で、さすがの良介も疑わざるを得なくなっていた。

だが、結局期待が疑念を上回った。

「ええ。悠里さんたちさえよければ、お邪魔させてもらいます」

「ほな、これで決まり。早よ行こう」

店を出た一行はタクシーを拾い、山中の温泉旅館をめざした。

着いた旅館は、一見鄙びてはいたが、敷地は広く、離れの個室がいくつもあった。

横山三姉妹が借りたのも、そんな離れの一つだった。

「すごいなあ。個室が一軒家みたいに区切られているんですね」

窓の外は半露天風呂になっており、その向こうには京都の山並みが望める。浴場は生け垣と個室の配置でうまく目隠しされている。

羽織を脱いだ悠里が、タンスに妹たちの上着をかけてやりながら言った。

「良介はんは長旅で疲れはったやろ。温泉で汗でも流してくるとええわ」

「え。いや、しかし――」

「遠慮することないで。あ、そうか。良ちゃんは早よ摩耶姉のプロポーションが見たいねんな」

混ぜっ返す京に辟易し、こうなったら良介も流れに身を任せるしかなかった。

「じゃ、遠慮なく。ただ、その……」

入浴するのはいいが、窓越しに三姉妹から眺められるのは具合が悪い。そう主張すると、摩耶が露天風呂にある衝立で目隠しできることを教えてくれた。

窓から外に出ると、片隅に簡易脱衣所があった。良介はそこで服を脱ぎ、タオルで前を隠しながら、教えてもらった衝立を広げていく。

「お先に失礼します」

口の動きで伝えながら、屋内の三人に会釈する。三姉妹は卓袱台について仲良くお茶を飲んでいた。

まもなく衝立が広がり、室内とのつながりは切れた。

「せっかくだから、のんびりさせてもらうか」

良介はざっと体を洗い流すと、早速温泉に入る。露天風呂は意外に深く、座ると首までお湯に浸かった。

「あー、極楽極楽。やっぱり冬の温泉はいいな」

遠くに冬枯れた山々を眺め、ゆったりと浸かる温泉は最高だった。良介も三十代となり、部下を持つ身となったためか、温泉がことさら気持ちよく感じられるようになっていた。

ボンヤリしていると、東京の商品開発部のキッチンが思い出される。チーフの自分がいなくても、チームのみんなはしっかりやっているだろうか。

(翔のヤツなんか、調子に乗ってるんだろうな)

翔のニヤけ面が、優子部長とイチャついている場面が浮かぶ。

「いかん、いかん。こんなところまで来て、何を考えているんだ」

良介はイヤな想像を打ち消そうと、温泉の湯で顔を洗った。

すると、部屋のほうから人影が現れた。

「良介さん、お湯加減はどう？」

「あっ……」

声の主は摩耶だった。脱衣所から現れた彼女は、長い髪を上に束ね、体にバスタオルを巻いた恰好でやってきた。

あまりに大胆な展開に、良介はしばらく口を利くこともできない。

かたや摩耶は、スラリと伸びた脚を見せつけるように、彼の正面に立つ。

「さっき姉さんに妙なことをされへんかった？」

「え？　妙なこと——」

摩耶の含むような口調に、良介はドギマギしてしまう。まさか知っているのか？

しかし、次に彼女がしたのは別のことだった。

「姉さんってな、昔から悪い癖があんねん。良介さんみたいな男の人が好みでな、すーぐちょっかいかけはんねん」

悠里は言いながら、ゆっくりとバスタオルを剝いでいったのだ。

湯の中で身動きのとれない良介は、魅入られたように見つめるばかり。

「まったく、京が余計なことを言うモンやから——。レースクイーンをやってた言うてもな、もう四、五年も前のことやで。かなわんわ」

後ろを向いた摩耶の背中が露わになっていく。

生唾を飲む良介に対し、彼女は語り続けた。

「あたしが今年何歳やと思っててんねん」

「いくつになるんですか」

思わず訊ねると、摩耶がこちらを向いた。

「三十歳や。大台に乗ってもうた」

「きれいだ……」

摩耶は全てを曝け出していた。見事なプロポーションだ。乳房は上向きでプルンとして形よく、くびれたウエストに、立派なヒップが張り出していた。恥毛は縦長に整えられており、長い脚がスラリと伸びている。

これなら元レースクイーンというのも頷ける。

「すごくきれいだ」

良介は繰り返した。しかし、これで三姉妹の年齢が分かった。悠里は先に聞いていて現在三十七歳。三女の京は摩耶より五つ下と言っていたから、二十五歳ということになる。上と下ではちょうど一回り違うというわけだ。

摩耶は悪びれもせず、湯に入ってくる。

「ふうーっ、温うて気持ちええわ」

すでにのぼせかけている良介だが、見目麗しい女体が近づいてくるのを避けてまで出ようとは思わない。

ついに摩耶がすぐそばまで来た。

「姉さんに悪戯されたんやろ？　まだいける？」

彼女は言うと、おもむろに肉棒をつかんできた。良介は呻く。

「ううっ……ゆ、悠里さんから聞いたの？」

「聞かへんでも、姉さんがしそうなことくらい分かるわ。こんなんされたん？」

摩耶の手が思いのほか強いグリップで陰茎を扱く。

「はうぅ、摩耶さん――」

温泉の湯以上に股間が熱を帯びていく。しなやかな長い指に巻き付かれて、肉棒はみるみるうちに膨らんでいった。

摩耶は息がかかるほど顔をそば寄せた。

「わたしともしてくれな、不公平やわ」

「摩耶さん」

「キスしよ」

唇が重なった。最初はかるく触れるだけのキスが、瞬く間に深く強く密着させられる。どちらからともなく舌が伸び、相手の口中へと潜り込んでいった。

「んふぁ……レロ……」

「レロ……みちゅ……」

肉棒は湯の中で一定のリズムを刻んで扱かれた。しかしトロッコ列車での悠里といい、横山三姉妹はみんな淫乱の気があるのだろうか。

気付くと、良介も摩耶の乳房を揉みしだいていた。

「んふぁ……ああ、柔らかいオッパイ。乳首が勃っているよ」

「あんっ。上手や、良介さんの触り方」

「あー、俺も……くうっ。そんなに扱かれたら」

「気持ちええの？　よかったらどないしてくれはるのん」

鼻声で囁かれ、湯にのぼせているのもあって、良介は限界だった。

「一回外に出よう――」

彼は言うと、摩耶を抱いて一緒に立たせる。肌に触れる冷気が気持ちいい。

「ああん、良介さんオチ×チン勃ってはる」

「うん、だって摩耶さんがエッチな体をしているから」

二人は言い合いながら、露天風呂にあったすのこにバスタオルを敷いて、簡易ベッドを作った。

「わたしが上でもええ？」

摩耶のひと言で、良介が仰向けに寝た。股間にそそり立つ太竿は、朝に二発抜いたとは思えないほど硬くなっている。

「大きいオチ×チン。大好き」

淫語を口走りつつ、摩耶が股間にまたがってくる。ペニスを逆手に持ち、慎重に蜜壺へと招き寄せる。

「んあっ……入ってきた」

「おうっ、摩耶さん……」

花弁が亀頭を包み込み、やがて肉棒はぬめりに埋もれていた。

「ンハアァ……わたしン中が良介さんでパンパンや」

「なんていやらしい——うぐっ」

良介が言いかけたところで、摩耶は尻を振り始めた。

「ハアン、あんっ、あっ、ああっ」

「おうっふ、おおっ、ハアッ、ハアッ」

突如襲いかかってきた快楽に良介は呻く。摩耶のグラインドはのっけから激しく、縦に大きく揺れるため、竿肌は肉襞に翻弄された。

「ハアッ、ハアッ、ハアッ、おお……」

良介は息を切らしながら、摩耶の太腿辺りを支えにし、自らも快楽のお返しに下から突き上げた。

「ふうっ、ぬお……ハアッ、ハアッ」

「あんっ、あっ……あっひ、イイッ」

突き上げられた摩耶は体をガクガクと揺さぶられ、叩きつけられる蜜壺の感覚に気を取られる。胸を反らし、顎を持ち上げて、盛んに苦しげな息を吐いた。

だが、しばらくすると、悠里は折り畳んでいた膝を前に伸ばしてきた。

「ああっ、ハアッ、あんっ、ああっ」

グラインドを止めることなく、喘ぐなかで、彼女は脚を伸ばしきると、今度は両手で体を支えながら後ろへと倒れていった。

反動で肉棒の付け根が下に引っ張られる。

「はううっ、おお……」

力任せに押し下げられた股間は痛みを感じるが、摩耶の体が地面と平行になる頃には、新しい体位に肉体が慣れていた。

いわゆる「反り観音」などと言われる体位である。騎乗位から女性が背後に倒れ、男女とも仰向けで頭の向きが逆になる形だ。

「ああん、ああーっ、イイッ」

摩耶は身悶えながら、尻を上下に揺さぶった。

これまでとは違う刺激が良介を襲う。

「ぬはっ、うわあエロ過ぎる」

彼が見たのは、ぬめるラビアに肉棒が出入りするさまだった。摩耶がガニ股になっているため、結合部が丸見えなのだ。

しかも、肉棒は無理に引っ張られた状態だった。普段はあまり刺激されない亀頭の上の部分が強く擦られ、感じたことのない悦楽に包まれていく。

摩耶はあられもない恰好で、愉悦を貪った。

「ンハアァーッ、ああっ、奥が感じるうぅっ」

「奥が……いいの？　ううっ、俺も気持ちいいっ」

「こんなんが好きやねん。ああ、擦れる——」

「ハアッ、おおビラビラが……くうっ」

良介も下から腰を突き上げようとするが、体位の関係から、縦に動かそうとするより地面に対して平行に揺さぶるほうが具合がいいようだ。

「ぬはあっ、うう……」

気付いた彼は足を踏ん張り、両手も地面を支えて、摩耶を上に載せたまま体を大きく揺らした。

とたんに摩耶は身悶える。

「あはあぁぁぁっ、イイーッ」

白い肌には汗が噴き出し、胸から上を朱に染めている。反り腰はより深くなり、尻を揺さぶるというより股間を擦りつけるようにしてきた。

良介の懊悩も深みを増してゆく。

「くはあっ、ハアッ。ああ、ダメだ――」

どうしようもない愉悦に全身を冒（おか）される。肉棒は蜜壺の温もりとぬめりにのぼせ上がり、思いの丈（たけ）を吐き出そうとしていた。

だが、一足先に摩耶が昇り詰めていく。

「ああ……もうあかん。イッてしまう」

ガニ股に踏ん張った足先がピンと伸びたかと思うと、彼女は尻を無茶苦茶に振りたて始めた。

「あああーっ、イクうーっ、イッちゃううううっ」

「摩耶あああっ」

良介も括約筋を締めて、四方八方、無闇矢鱈（むやみやたら）と腰を動かした。

みるみるうちに摩耶のブリッジは深くなり、後ろに倒した頭はほとんど地面に付いていた。

「あかーん、イックうううーっ」

絶頂を叫ぶと同時に、摩耶の全身がガクガクと痙攣する。

その反動は良介にも襲ってくる。

「うはあっ――」

白濁液が搾り出された。絶頂した媚肉にきつく締めつけられ、自分の意思とは裏腹に放水させられたようだった。

「ああ……」

射精を受け止めた摩耶はガクリと倒れ込んだ。その拍子に結合が外れ、白く濁った泡が花弁からこぼれ落ちる。

「ハアッ、ハアッ、ハアッ、ハアッ」

「ひいっ、ふうっ、ひいっ、ふうっ」

短くも激しい愛欲に、しばらくは二人とも身動きもできなかった。

だが、そのときだった。何やら怪しい物音が聞こえたのだ。

最初は事後の余韻に浸っていた良介だが、しだいに物音が気になり始める。

「なんだろう、あれ」

気怠(けだる)い体を起こし、摩耶を見やる。だが、彼女はまだグッタリしたままだ。

何やら獣の息遣いのように聞こえる。山中とはいえ、こんな人里近くに野生の動物が現れるだろうか。

だが、よく耳を澄ますと、音が聞こえるのは脱衣所の辺りからだった。

「ちょっと見てくるよ」

良介が立ち上がると、摩耶は横たわったまま軽く頷いた。

恐る恐る近づいていくと、息遣いはますます高まっていった。こちらは文字通り丸腰だ。恐怖が足下から脳天へと突き抜ける。

（三姉妹を守れるのは俺だけなんだ）

この場で唯一の男であることを意識して、良介はおのれを励ました。

そして、いよいよ衝立の陰を覗き見ると、なんとそこにいたのは京だった。

「ハァン、ああっ、んふぅ」

「き、京ちゃん……!?」

良介は三女のあられもない姿を発見して言葉を失う。

京は、脱衣所の床に座り込み、自分で乳房と割れ目を弄っていたのだ。いつの間にか着替えた浴衣も着崩れ、下着も着けていない。局部が丸見えだった。

驚いたことに、京は良介と姉が交わるのを見てオナニーしていたのだ。

(女がオナニーしているところなんて、初めて見た——)

悠里、摩耶ときて、三女もまた横山家の淫乱の血筋を受け継いでいた。良介に見られているのも承知で、可愛らしい顔を歪(ゆが)め、濡れた媚肉をまさぐっているのだ。

「ああん、良ちゃんと摩耶姉のエッチ、激しかった……んんっ」

「見て……たんだ」

ようやく良介も声が出る。だが、喉はカラカラだった。

京の割れ目は恥毛が薄く、ピンク色の中身がよく見える。彼女は二本の指で大陰唇を寛(くつろ)げ、間にある指で肉芽を押し潰すようにしていた。

「全部……はううっ、見ちゃった。良ちゃん、気持ちよさそうやったね」

「え。う、うん」

この異常な状況はなんだろう。返事しながらも、良介は混乱していた。そういえば、摩耶はどうしているだろうか。妹がこんなに変態じみた真似をしているというのに、まるで気がついていないのだろうか。

「ああん、良ちゃん」

名前を呼ばれて我に返る。すると、京は目を爛々とさせて一点を見つめていた。

「良ちゃんのオチ×チン、ヒクヒクしてる」

「いや、これは――」

無防備に晒した股間は、硬直しないまでも、むくりと鎌首をもたげている。驚き悩みながらも、京の痴態に肉体はしっかり反応していたらしい。

やがて京は、男根に魅せられるように自慰を続けたまま起き上がる。

「お姉たちにしてあげたんやから、わたしもええよね」

彼女は言うと、良介の返事も待たず、下からしゃくり上げるように鈍重な肉棒を口に含んでしまう。

「かぽ――」

「ううっ、京ちゃん……」

「いやらしいお汁がいっぱいのオチ×チン、めちゃ美味しい」

「ダ、ダメだよそんな……おお、イッたばかりだから」

絶頂したばかりの肉棒は、まだ敏感な状態だ。それを思い切り吸いたてられ、口の中で弄ばれたら、ひとたまりもない。

「んぐちゅ、ぐちゅ、くちゅ」

「ハアッ、ハアッ。ああ……」

今にも膝から崩れ落ちそうだ。まだ半分ほどしか勃起していないのにもかかわらず、突き抜ける快感はこれまでになく激しい。

だが、自分の快楽に夢中の京は、膝立ちで右手は媚肉をまさぐり、左手で右の乳房を揉みしだきつつ、どす黒い逸物を一心にしゃぶるのだ。

「んふぅ、んっ……はふっ、おいひ――」

「ハアッ、ハアッ、ハアッ」

そのとき良介はふと背後に気配を感じる。摩耶だ。

「あら、お楽しみやね。良介さん、気ぃつけんとこの子、あどけなく見えて結構ないけずやねんで」

「うう、それはどういう――」

妹にしゃぶられ、姉に見られる。思考の働かない良介は問い返していた。

すると、摩耶は彼にではなく、京に向かって言った。

「まんま京の目論見通りやってんな。どや、満足やろ」

「んふぅ、んん……」

しかし、京は不興げに鼻を鳴らしただけだった。

そして、摩耶はそのまま部屋に戻っていったのである。

（どうなってるんだ、この姉妹は――）

摩耶の口ぶりからすると、全ては京のお膳立てということらしい。豆腐料理店で姉の経歴をやたら主張したのも、良介をここに引き込むつもりだったということか。

しかし、そうすると、最初から京は自分が直接抱かれるのではなく、摩耶と交わっているのを覗きながらオナニーするのが目的だったことになる。

（どういう性癖をしているんだ）

アイドルのような可愛らしい顔をして、考えていることはとてつもない変態志向のようだ。

「んふぅ、ふうっ、んぐちゅ」

「ハアッ、ハアッ、ハアッ」

ならば、遠慮することはない。最初の驚きを乗り越えると、良介も欲情を覚え、身を屈めて彼女の肩に手を置いた。押し倒して挿入しようというのだ。

「京ちゃん」

呼びかけて肩を押そうとするが、京はかぶりを振ってペニスを離そうとしない。

「んーん、んんっ」

「俺も、したくなってきちゃったんだ。いいよね」

改めて促すと、京はようやく返事した。

「イヤや。このましゃぶってたら、あかんの？」

「え、このまま、って――」

悲しそうな表情で見上げられ、良介は言葉が続かない。京はそのつもりではなかったのか。当てが外れた感じがして、小さな顔を見下ろす。

すると京は男根を摑み、駄々っ子のように言い張った。

「オチ×チンをしゃぶるのが好きやねん。ええやろ」

そう言われては、良介も嫌だとは言えない。京の顔を見ると、ルージュが崩れて口の端に滲んでいた。ポカンと開けた口の中には、ヌラヌラとぬめる舌があった。

（この際、どっちでもいいか）

こぼれたお椀型の乳房を見つめ、良介は割り切ることにした。

「いいよ。しゃぶって」

「やった。やっぱ良ちゃんはええ人や。めっちゃ好き」

京は子供のように喜ぶと、再び肉棒にむしゃぶりついてきた。

「んふうっ、んぐ……」

「くうっ。うう……」

太竿に粘膜の刺激が襲いかかる。だが、今度は従来の感覚だ。鈍重にうずくまっていた肉棒が、いつしか完勃起しているのだった。

京は執拗にペニスをしゃぶり、かつ自分の指で敏感な部分を愛撫した。

「じゅぷ……ぐぽっ、ちゅぽっ。んんっ」

勃起してしゃぶりやすくなった肉棒を口だけで器用に出し入れする。うっすらと目を瞑り、ときには自分の唾液塗れになった太竿を確かめるように見つめ、頭を前後して熱心にフェラチオするのだった。

「ハアッ、ハアッ、ハアッ、ハアッ」

良介の息が上がる。しだいに陰嚢が持ち上がる感覚が押し寄せてくる。太茎を締めつけてくる蜜壺の感触とは異なるが、繰り返し吸われ、繰り返しねぶられするうちに、ムラムラと欲情のゲージが上がっていくのだ。

遠くの山でカラスが呼び合う声が聞こえた。部屋付き半露天風呂の片隅で、仁王立ちした男の股間に食らいつき、女が自ら慰めている姿は異様だった。

「んんぐ、んむう、くちゅっ」

だが、やがて京も昇り詰めていくようだった。割れ目にあてがった指の動きが細かく速くなり、眉間に寄せられた皺も深まっていく。

「ハアッ、ハアッ。ああ、もう……京ちゃん、俺」

「んぐちゅ、ふうっ、んむむ……」

ついに京は乳房を揉みしだくのを止め、その手で太茎を握ってきた。

手と口を使って愛撫され、良介の愉悦は高まる。

「くはあっ、おお、マズいって……」

しかし、京も苦しそうだった。肉棒への刺激を強める一方、自らの与える快楽に酔い痴れ、思わず声が漏れてしまうのだ。

「んふうっ、んああっ……くちゅくちゅ」

「ハアッ、ダメだ。もうイク」

良介が白旗を揚げると、彼女のストロークはますます速まっていく。

「んぐちゅぐちゅぐちゅんちゅちゅぱ」

「うお……うはあっ、出るっ」

引き絞った弓から矢が放たれるように、白濁液が飛び出した。

ところが、京は少しむせそうになっただけで、一向にフェラを止めようとしない。

「んくちゅ、んぐ……ちゅぽちゅぽ」

「ああ、京ちゃん。ダメだよ、もう──」

射精直後になおも吸いたてられ、良介はむず痒いような、いたたまれないような感覚に懊悩する。股関節から力が抜けていくようだ。

しかし、京も少し遅れて昇り詰めてきたらしい。

「んーっふ、んんっ、むふうっ」

小刻みに首を振りたてながら、顔を真っ赤にしている。股間に食い込ませた指も、いまや手全体を使って無茶苦茶に擦っていた。

「あー、ヤバイ。ヤバいって」

肉棒はむず痒さから再び射精感が募ってくる。

引け腰になる良介を捕まえて、京はひたすらしゃぶり、手淫した。

「んんっ、んふぁ……くちゅみちゅ」

「ハアッ、ああ……」

もう立っていられない。良介がそう思い始めたとき、京がくぐもった声をあげた。

「んんーっ、んーっ、んふううーっ！」

ペニスを咥えたまま、果てたのだ。絶頂した後も、しばらくストロークを続け、鼻から荒い息を吐きながら、やがて口を離してぺたりと座り込んだ。

「ひいっ、ふうっ……イッてしもうた」

「ハアッ、ハアッ、ハアッ。京ちゃん……」

凄まじい愉悦に見舞われ、良介も立っていられずしゃがみ込んでしまうのだった。


それから良介はかるく汚れを洗い流し、京と一緒に風呂から上がった。

「だけど、最初はビックリしたよ。熊でも潜んでいるのかと思った」

「熊て。ヒドイなあ、こんな可愛い熊ちゃん、いーひんて」

良介の軽口に、京は睨む真似をする。

「たしかに。熊にしては色っぽすぎる」

「そやろ」

そんなことを言い合いながら、部屋へと戻る。すでに良介も旅館の浴衣に着替えていた。

ところが、部屋では驚くべき光景に出くわすのだった。

「あ……」

「お帰りなさい。疲れは取れはりました？」

「姉さん、あたしと京とで責め立てたんやで。疲れが取れるわけがないやないの」

出迎えたのは、布団を広げ、その上に座る悠里と摩耶であった。だが驚くのは、二人とも全裸だったことだ。

「あ、あの……これは」

良介は部屋の入口に立ち尽くし、妖艶な両女神に目を奪われてしまう。摩耶とはさっき交わったばかりだが、悠里の体を見るのはこれが初めてだ。

（すごい。これが大人の女か――）

普段は和服姿のためボディラインが分からず、それだけに全貌を現した肉体はインパクト十分だった。

雪と見紛（みまご）うほどの白い肌、三十七歳という年齢にふさわしい爛熟（らんじゅく）したボディは、どこもかしこも柔らかそうだ。乳房は摩耶に負けじとたわわに実り、しかし次女の張り詰めた爆乳と違って、釣り鐘型で重そうに揺れていた。

そして、たっぷりした太腿を重ね、足を横に流すように揃えて座っている。

対をなすように座る摩耶も、もちろん悩ましい。

もちろん良介とて、まるで予想できなかった事態というわけでもない。ここまでくれば、むしろ当然の流れともいえるだろう。しかし、やはり眼前に開けた光景は、桃源郷に迷い込んだようだった。

すると、背後から声がした。

「良ちゃん、何してはんの。早よ入り」

「え？　あ、そうか。ごめん」

我に返り振り向くと、そこには一糸まとわぬ姿の京が立っていた。良介が正面に気を取られている隙に脱いだのだ。足下には浴衣が乱れ落ちていた。

京に背中を押されるようにして、良介は姉二人の待つ布団へ向かう。だが足下は覚束なく、ふわふわと宙を漂い歩くようだった。

（俺は、こんなところで何をしているんだ——）

まるで現実感がなく、本当に異世界へと迷い込んでしまったように感じる。そのせいで一瞬だが、自分が何者で、どこにいるのかさえ忘れていた。

「お待ちしておりましたえ。良介はん」

妖艶な流し目をくれる悠里。摩耶はまだ昂ぶったままのようだった。

「良介さんも、こんなん初めてやろ」

「ええ。そりゃあ……」

「わたしら裸なんよ、良ちゃんも脱いだ脱いだ」

相変わらず京は朗らかに言い、良介の浴衣を脱がせてしまう。

布団の中央に座らされた良介は、全裸の三姉妹に囲まれていた。

「まさか本当にこんなことになるなんて。最初からそのつもりだったんですね」

良介は戸惑った声で悠里に問う。かたや長姉は悠揚迫らぬ態度を崩さず、

「堪忍え。うちら、たまにこうして若い子見つけてハメを外すのが楽しみやの。付きおうてくれはる？」

と誘いかけてきた。

やはり、全ては仕組まれていたのだった。京が摩耶をけしかけるより前に、悠里は偶然を装って良介に声をかけたのだ。

だが、確かに騙されはしたものの、男として生まれたからには、こんなドッキリはいつでも歓迎だ。良介は生唾を飲んでうなずいた。

「さ、良介はんは横にならはって」

悠里に促され、良介は仰向けに寝る。足下には左右に悠里と摩耶がはべり、頭のほ

うには京がぺたんと座っていた。

「三人に見られると、なんだか恥ずかしいな」

「なんでや。あたしたちも裸やで。なんも恥ずかしいことあらへん」

摩耶が長い髪を掻き上げながら言う。

悠里はまとめ髪のままだった。肩の丸みが成熟した女らしい。

「良介はんには、摩耶と京ちゃんが可愛がってもろうたからな。今度はうちら三人でご奉仕させてもらいます」

「悠里さん……」

たしかに良介はここまでに四発抜かれている。すでに精は尽き果てたとしても不思議はない。その証拠に、三人の全裸美女に囲まれているにもかかわらず、肉棒は鈍重にうずくまったままだった。

すると、悠里はおもむろに彼の右足を取った。

「え……」

驚く良介。しかし悠里は受け流し、切れ長の目を細めて、彼のつま先を口元へと持っていく。

「あ……」

良介が気付いたときには、すでに悠里は足指をしゃぶっていた。

「びしゅるっ、じゅるっ」

「はうぅ……」

ぬめった舌が足指の腹を舐める感触に、良介は呻く。くすぐったさとともに、ゾクゾクするような快感が背筋を駆け上る。

すると、今度は摩耶が反対の足に同じことを始めた。

「あたしもしてあげる——じゅるっ、じゅぱっ」

「おおう、摩耶さんまで——」

ダブルで懊悩（おうのう）が襲いかかる。さっき風呂で洗ったばかりだから、罪悪感はさほどない。肉棒を散々酷使した後だけに、末端へのまったりした愛撫がことさら喜ばしい。

「びちゅるっ、ちゅるっ、ちゅぱっ」

「レロ、ちゅうう、じゅぱっ」

「ハアッ、ハアッ」

いつしか良介は息を上げていた。見下ろす先には、男の足指をしゃぶる美麗な顔が二つ並んでいる。男の支配欲をくすぐる光景だった。

すると、それまで控えていた京が話しかけてくる。

「良ちゃん、エッチな顔してる」

「ふうっ、うう……だって」

「ねえ、チューしよ」

京は言うと、覆い被さって唇を重ねる。すぐに舌が伸びてきて、良介の口内を縦横無尽に掻き回してきた。

「レロッ、みちゅ……んふぅ」

「ふぁう……京ちゃん、レロちゅるっ」

唾液の音も高らかに、舌を絡め合う。足下から這い上る愉悦が、脳天へと突き抜けず、口を塞がれて押さえつけられているようだ。

「ぴちゃ……はうぅ、レロッ」

良介は頭がカアッとして何も考えられない。かつてこんなハーレムを想像し得ただろうか。淫らな三姉妹に囲まれ、弄ばれるうちに、日常の全てを忘れていくようだった。

だが、まもなくさらなる刺激が彼を襲う。

「んふうっ、んぐぅ……」

ふいに股間をまさぐられたのだ。手が重たげにぶら下がる肉棒を持ち上げ、下腹に押しつけるように揉みしだいてきた。

「ふうっ、ふうっ。んむむ……」

「んふぅ、んっ……みちゅ」

だが、京に口を塞がれているため、誰に触られているのか分からない。

すると、今度は別の手が陰嚢を揉んできた。

（ウソだろ……）

良介は京の唾液を啜りながら衝撃に見舞われる。身悶えしたいが、頭と両足を押さえられているため、それさえもできない。

しかし、さらに三つ目の手が肉棒を摑まえてきた。

「んおおっ……」

こうなると、もう何が何だか分からない。三つの手が、竿も玉も揉みくちゃにし、誰が何をやっているのかなど、どうでもよくなってくる。

ついに良介は耐えきれず、京の顔を引き剝がした。

「ぷはっ――あうう、みんなしてそんなことされたら……」

「ああん、良ちゃんのいけず」

京は文句を言いながらも、手の中で亀頭をグリグリと弄んでいる。

一方、竿を擦っているのは摩耶だった。

「やっと太ぉなってきたみたい」

「良介はんは男性として優秀なんやな。いくらでも作らはる」

精子袋を揉みしだきつつ、悠里が目を細める。

「ハアッ、ハアッ。おお……」

竿玉を寄ってたかって揉みくちゃにされ、良介の感じる快楽は苦しいほどだった。

そして驚くべきは、肉棒が勃起していることだ。

(まだいけるっていうのか——)

我ながら呆れてしまう。良介は、自分がこれほどまでに絶倫だとは思わなかった。

あるいは三姉妹の淫らさが、彼の肉体にも影響を及ぼしたのかもしれない。

肉傘を弄る京がふと言い出した。

「悠里姉、摩耶姉。わたしからでええよね」

すると、悠里は指先で蟻の門渡りをくすぐりながら言う。

「そやなあ、摩耶はさっきお風呂でさせてもろうたんやんな？」

「うん。京はいつものアレやったし、ええよ」

長姉の言葉を受けて、摩耶が京に答える。

三人の女たちは、姉妹間だけに分かる会話で通じ合っているようだ。良介は、自分をよそに勝手に進められていく事態に疎外感を味わいながらも、被虐に似た感情に揺さぶられ、さらに昂ぶるのを抑えられない。

（こうなったら、毒を食らわば皿までだ）

日常の倫理など消し飛んでいた。そんなことを言い出せば、肉親同士で一本の竿を融通し合う状態が異常なのだ。

ようやく三つの手から解放されると、京が上にまたがってきた。

「良ちゃん、聞いたやろ。京とエッチしよ」

「う、うん」

良介はボンヤリとして言った。もはや焦点さえ定まらない。

だが、京は構わず後ろ手に肉棒を握る。

「やった。さっきはいっぱい舐めたモンね。今度は下のお口で咥えたんねん」

「京ちゃん……おおうっ」

良介が反応するよりも先に、京が腰を沈めてきた。

「はうっ……入ってきた」

硬直が媚肉に埋もれる。京は三姉妹のなかで一番華奢なためか、蜜壺がいくぶん狭く感じる。

「うはっ、締めつけられる――」

「あはあっ、奥に当たってるよぉ」

甘え声をあげながら、京は背中を反らしぎみにして上下運動を始めた。

「あーん、ハアッ、ああん」

「おおっ、うう……ハアッ」

肉襞が竿肌を舐めるたび、良介はいたたまれないような悦楽に身悶える。弄ばれ尽くした後で麻痺(まひ)しているかと思いきや、むしろ敏感になっているようだ。

京は、ショートの毛先を首に貼り付けながら責め立てる。

「ハァン、あんっ、ああっ、ええ感じ」

突き出した乳房は、三人のうち一番小ぶりだが、桜色の乳首がピンと上向き、若さを主張しているようだった。

しかし、姉たちも黙って見ていたわけではない。まず動いたのは摩耶だった。

「京の気持ちよさそうな顔を見てたら、あたしも欲しくなってきたわ」

そう言ったかと思うと、いきなり良介の顔にまたがってきたのだ。

「ハアッ、ハアッ――え。摩耶さん……」

「そやかて、こんなんたまらんわ。お願い、良介さん」

良介の視線の先には、濡れそぼる女陰があった。何をされるのかは明らかだ。彼は観念したかのように深呼吸し、身構える。

「いいよ、分かった」

「さすが良介さん、物わかりがええわ」

摩耶は言うと、股底を顔面に押しつけてきた。

「あっふう……」

「むぐう……うう……」

また暗闇だ。牝汁の生々しい匂いに包まれ、ビラビラが鼻と口を塞いできた。

姉の行為に刺激を受けたのか、京のグラインドも激しさを増す。

「はうん、あんっ、ハアァッ」

「あひっ……良介さんの鼻に、クリが擦れるぅ」

摩耶もまた悩ましい声をあげて、恥部を顔に擦りつけてくる。

良介は視界を塞がれたばかりでなく、呼吸もままならない。

「ぐふうっ、ふうっ。んむ……」

「あんっ、イイッ。んんーっ」

「あふうっ、あっ、ええわぁ」

太腿に挟まれ、くぐもった喘ぎ声を聞きながら、良介は交互に訪れる苦しさと悦びに振り回される。

だが、さらに別の官能が待ち受けていた。投げ出した右腕に、何やらぬめったものが触れてきたのだ。

「うちも混ぜてぇな」

そう言ったのは、悠里だった。彼女は良介の腕をとり、割れ目を擦りつけてきたのである。

「ハアァ、男の人の逞しい腕——」

悠里はなまめかしく息を吐き、熱を帯びた秘貝を這わせた。

良介の懊悩は深まっていく。

「むふうっ、ふうっ……んむ、レロッ」

もう何が何だか分からない。視界が利かないので、悠里がどうやって腕を使っているのかも不明だった。

だが、一つハッキリしているのは、姉妹は三人とも、色欲に取り憑かれているということだ。

「あんっ、ああっ。良ちゃんのオチ×チンが、大きくなってきた」

肉棒を独占した京は高らかに喘ぐ。

顔面を陵辱する摩耶も、煽るように口走った。

「あっひ、感じ……感じすぎちゃう。良介さんの顔、めっちゃエロいわ」

「ハアァァッ——このまま良介はんのこと、うちらの玩具にしてしまいたい」

悠里は口調こそ穏やかさを保っているが、言っていることは一番過激だった。

全身牝汁塗れになった良介は、欲情の虜になり、完全に日常の世界から切り離されていた。この瞬間ばかりは、もはや東京のことも、心を寄せつつある真緒のことも忘れ去っていた。

「ぐふうっ、べちょろっ、んぐ……」

顔面を這う媚肉を懸命に舐めようとする。だが、息苦しさは否めない。

それでも三姉妹の悦楽責め地獄は止まない。

「んあぁーっ、あかん。イキそうや……」

甲高い声は京のものだ。グラインドも杭打ちのような縦方向から、挽き臼を回すような横方向への動きに変わっている。

すると、三女の反応に合わせるように摩耶も腰の動きを速める。

「あんっ、ああっ。あたしも……ああーっ」

「んぐうっ、ふうっ。んんんっ」

「あなたたち、そないはしたない声をあげて——あううっ、良介はんっ」

妹たちをたしなめるようなことを言う悠里も、彼の腕にねしりつけるように媚肉を擦りつける。

そして最初に昇り詰めたのも、悠里だった。

「んああっ……あかん、イクッ」

呻くように宣言すると、秘部を押しつけたまま動かなくなる。

周囲の状況が分からない良介だが、やがて腕から媚肉の感触がなくなったことで、悠里が絶頂したのを知る。

続いてクライマックスを迎えたのは摩耶だった。

「ハアン、あんっ、ああーっ、ええのぉーっ」

高らかに喘ぎながら、肉芽を良介の鼻頭にギュッと押しつける。

「あうっ、あっ……イクッ、イクッ、イックうううーっ」

こちらは先の悠里と違い、ジッと動かずに頂点を極めた。そして、そのまましばらく悦楽を反芻(はんすう)するように、下腹を痙攣させせるのだった。

「あっ、あっ、あっ。ええわぁ……」

摩耶が顔面から離れたときには、良介は窒息する寸前だった。

「ぷはあっ、ハアアッ、ふうっ、ハアアッ」

久しぶりに吸った新鮮な空気を貪るように呑み込む。

一方で、京も悦楽に溺れていた。

「アハアッ、イイッ。んんっ、あああっ」

顔を紅潮させ、本能のままに腰を振る京。息遣いは荒く、片方の手で形のいい乳房を自ら揉みしだいている。

「ああっ、いやらしいよ京ちゃん。俺、もうすぐ――」

「あんっ、イッて。一緒にイこう」

「うん。おおっ、ダメだ。そんなこと言ってるうちにもう」

「ああん、きて。きてえっ、わたしも――イイイイーッ！」

ふいに叫ぶと同時に、京は前のめりに倒れ込んでくる。

蜜壺をギュッと締め付けられて、良介も限界を迎えた。

「はううっ、出るっ」

「ああーっ、また……イクうううっ」

膣内に白濁液を放たれると、京は重ねて絶頂した。そして貪るようにキスをしてきたのだ。

「びちゅるっ……んん」

「んを、京ちゃん……レロッ」

口周りは摩耶の牝汁でベトベトだった。京はそれすら構わず舌を絡めてきた。だが、良介も精根尽き果てた上、三姉妹との交情に理性を奪われ、もはや驚き怪しむ余裕もなかった。

それから良介が温泉旅館を出た頃には、すでに夜になっていた。すっかり足腰が立たなくなったため、帰りはタクシーで市街まで戻ることにした。横山三姉妹との思い出は、この先も一生忘れることはないだろう。

夜遅くうどん店に戻った良介は、真緒と目が合わせられず、その翌日もなるべく外出し、顔を合わせないようにして過ごした。

本来、後ろめたく感じる理由などない。だが、真緒が休みもなく懸命に働く後ろ姿を目にすると、なんだか自分が汚れているように感じてしまうのだ。

（でも、このままじゃいけない）

帰京の日は迫っていた。これまで世話になった恩義もあり、いつまでも避けるような真似をしているわけにもいかない。それに、真緒も彼が急によそよそしくなったことに気付いていているらしい節も見受けられた。

そこで良介は思い切って真緒を晩酌に誘った。

「美味しそうな『う巻き』を買ってきたんですよ。よかったら、一緒につまみながら飲みませんか」

「ええ、喜んで。店を閉めたら一杯やりましょう」

彼の複雑な心中を知ってか知らずか、真緒はためらいなく承諾した。

そして店が引けた後、二人は居間で差し向かいになる。

「今日も一日お疲れさまでした」

「良介さんも歩き回って疲れたやろ。乾杯」

「乾杯。いただきます」

食卓に並ぶのは、ほとんどが作り置きの惣菜だ。そのなかには、良介が買ってきたう巻きもある。真緒が早速つまんだ。

「うわ、美味しいわこれ。お出汁がよう利いてて」

「そうですか。どれ、俺も――うん、美味い。中の鰻もふっくらですね」

玉子は噛めばじゅわっと甘い出汁があふれ出し、鰻の旨味をしっかりと閉じ込めている。シンプルだが、贅沢な味わいだった。

そうして静かに差しつ差されつしていると、ふと真緒が切り出した。

「どないしたん？　このところ元気がないようやけど」

「え……そうですか」

やはり気付かれていたのだ。良介は言い淀むが、思い切って胸の内を明かす。

「実は——妙な話に聞こえるかもしれないけど、東京の上司から全然連絡がないんですよ。いつもなら出張中に何度か経過報告をさせられるんですけど」

告白したのは三姉妹のことではなく、優子のことだ。だが真緒の手前、ごまかしたわけではない。出発の日以来、キッチンのことはずっと気にかかっていた。

すると、真緒は言った。

「うちは小さいうどん屋やし、良介さんとこみたいな会社のことはよう分からへん。けどな、上司が連絡を寄越さはらへんのは、きっと良介さんを信用してはるからやと思うで」

「そうなんでしょうか」

「あんなあ——うち、知ってんねんか」

「え……何を」

「良介さん、ときどき夜に出汁引く練習してはるやろ」

さほど広くもない家内でのことだ。とっくにバレていてもおかしくはない。

「すみません、勝手なことをして」

良介は、真緒が店で倒れ、救急搬送された後、こっそり鍋を舐めたことから打ち明けた。店の人間でもないのに、本来なら、味を盗もうとしたとなじられても仕方のないところだ。

しかし、真緒はまったく別なことを言った。

「良介さん、出汁を引いてみ。勉強の成果を見せてぇや」

彼女のまっすぐな目に押され、良介も覚悟を決める。

「――はい。分かりました」

「店の厨房を使ってええねんで」

「いえ、こっちで大丈夫です。台所をお借りします」

良介は部屋から買い込んでおいた昆布を持ち出し、早速出汁を引き始めた。

(俺ができる恩返しはこれくらいしかない)

彼の勝手な行為を知りつつ、寛大にも許してくれた彼女に対し、報いることができることだ。おのずと良介の顔は真剣さを帯び、昆布を敷いた鍋に集中した。

（ここだ）

鍋が沸き立つ寸前を見計らい、菜箸で昆布を持ち上げる。しかし、今度はカンだけで済まさず、指で昆布の煮え具合を確かめた。

「一番出汁、できました。味見をお願いします」

「ほな、いただきます」

小皿に取った一番出汁を真緒が口に運ぶ。緊張の一瞬だ。

「どうでしょうか……」

「うん、ようできてる。ちょうどええ感じやわ」

「え。本当ですか？」

「うちも料理屋の端くれや。ウソなんか言わへん」

「あ……ありがとうございます！」

真緒に認められ、良介は感激もひとしおだった。東京から連絡がなかったことなど、もはやどうでもよかった。全てが報われた気がした。

胸を詰まらせている彼を見て、真緒はさらに励ましてくれる。

「これで分かったやろ？　うちな、密かに感動してたんよ。だってそやろ、良介さんみたいな一人前の職人さんが、基本の出汁を必死に勉強してはんねん。うちかて負けてられへんと思うやんか」

「真緒さん――」

「なんや、大の男が泣きそうになってみっともない。もっと自分に自信を持たな」

感動に声が震えてしまう良介に対し、真緒も目に涙を浮かべていた。

「料理人の自信は、一にも二にも味しかない。そやろ？」

「ええ、本当に……。何もかも真緒さんのおかげです。ありがとうございました」

思わず良介は深々と頭を下げていた。

すると、真緒も抑えていたものがあふれ出してしまう。

「やめてぇや、湿っぽいのは苦手やねん。こっちこそ気ぃ抜いたらあかんこと、学ばせてもらったわ」

女手一つで店を守ってきた真緒は、細い肩を震わせ、手で顔を覆う。

「真緒さん、俺――」

良介は呼びかけるなり、真緒の体を抱きしめていた。

第五章　未亡人と出汁の思い出

夜は静かだった。台所に立ったまま、良介は未亡人の体を抱きしめる。

「真緒さんっ」

「あかん……」

真緒は身を振りほどこうとするが、その抵抗は弱々しい。良介は彼女の腰に手を回したまま身を屈め、俯いた顔に唇を重ねる。

「んっ……」

小さく息を漏らす真緒。唇は柔らかく、しっとりとしていた。

良介は女の甘い息を嗅ぎ、唇をさらに強く押しつける。しかし歯の間から舌を伸ばし、差し入れようとした瞬間、強い抵抗に遭った。

「イヤや、やめてぇな」

真緒は体を突き放し、思いのほか強い口調で拒んだ。

興奮に身を任せた良介も、ふと我に返る。

「すみませんでした。つい——」

「怒っているわけやないねん。ただ、分かるやろ？」

「ええ」

そうなのだ。真緒は未亡人であり、亡き夫を今でも愛している。良介が初めてこの家を訪れたときから、分かっていることだった。

「俺——汚れ物を片付けます」

「うちも手伝うわ」

それから二人は黙って鍋や皿を洗った。

良介は洗い物をしながら、何気なく真緒の手に目をやる。長年水仕事をしている手だ。慢性的なあかぎれに荒れ、指が膨れている。だが、彼はその手を美しいと思った。

「真緒さん、もう一つだけお願いがあるんですが」

「なんやの。うちができることなら何でも言うて」

俯いたままではあるが、真緒はわだかまりなく答える。さっきのことがあったにもかかわらず、決して彼を突き放そうとはしない。

良介は言った。

「明日一日だけでいいんです。店を手伝わせてもらえませんか」

すると、真緒は手を止めて、意外そうに顔を上げた。

「そやかて明日が最後やろ。いろいろ食べ歩かはったほうがええんちゃう?」

「いえ、そうさせてもらいたいんです。お願いします」

「良介さんがそない言うなら、うちは構へんけど——」

差し迫った彼の口調に最後は真緒も折れた。

「ありがとうございます。しっかり努めさせてもらいます」

良介の思いは複雑だった。衝動に駆られたとは言うものの、真緒への思いは真剣なものだ。しかし、彼女はあくまで亡夫に操(みさお)を立てていることが分かった。男女として肉体で繋がることが叶わないなら、せめて同じ料理に関わる者として、仕事で繋がりを感じたいと切に願ったのだ。


翌日、約束通り良介はうどん店を手伝った。とはいえ、あくまで彼は外様(とざま)だ。任される仕事は、バイトの青年と同じものに限られた。

「良介さんに下働きみたいなことさせて、なんや申し訳ないなぁ」

東京ではチーフ格にある彼に対し、真緒は手が空いた隙に言葉をかける。

「とんでもない。突然無理を言ったのは俺ですから。それに、楽しいです」

「楽しいって、下働きが？」

「いえ、そうじゃなくて――それもありますけど、やっぱりお客さんがいるっていうのは、活気があって張りが出ます」

「ふぅん、そないなものやろか。うちにとって日常やから、ちっとも気ぃつかへんわ」

「あ、お客さんだ――いらっしゃいませ」

実際、良介は楽しかったのだ。現場に立つのは研修時代以来だった。普段は開発部のキッチンにこもり、食材だけを相手にしているが、作った料理を目の前で客が食べ、その表情を見られるのは貴重な体験だった。

その一日はあっという間に過ぎ去り、店を閉めてバイト青年も帰宅した。

良介が洗い物の残りを片付けていると、真緒が声をかけてくる。

「今日はお疲れさま。ほんまに助かったわ。よかったら、最後にうちのうどんを食べてもらえへんやろか」

「え。いいんですか。ぜひ」

昼食は良介自らまかない作りを申し出たため、まだ真緒のうどんを食べていなかったのだ。

真緒が手早く用意してくれたのは、京都で「けいらん」といわれるうどんだった。

「どうぞ。お口に合うか分からへんけど」

「ありがとうございます。いただきます」

けいらん、というのは、餡かけ卵とじのことだ。シンプルだが東京ではあまり見かけない、京都ならではのメニューである。

良介は箸でうどんを持ち上げ、よく冷ましてから一気に啜り込む。

「熱っ――うん、うん。あー、体が温まります」

「餡かけやさかい、慌てて食べると火傷するで」

「ええ、でも……ああ、やっぱり美味いなあ。麺に餡と卵がよく絡んで、そこへ出汁の旨味が利いてくる」

真緒の店のうどんは、讃岐うどんのようにコシの強いものではなく、関西系のふっくらモチモチした麺だった。その麺が出汁を吸って、なんとなく心までほっこりする味わいを醸し出している。

良介はあっという間に食べ終えていた。丼には汁の一滴も残っていない。

「ふうっ、ご馳走様でした。これでもう思い残すことはありません」

「もう、良介さんったら言うことが大げさやな。けど、きれいに食べてもろうて、うちもうれしいわ。楽しかった」

「本当にお世話になりました」

こうして最後の一日を終え、良介と真緒はそれぞれの部屋に引き取って就寝した。

ところが、良介はまるで寝付けず、朝早くから荷物をまとめ始めた。予定では午前中に出ればよかったのだが、真緒と顔を合わせれば別れが辛く、黙って出て行こうという気になったのだ。

しかし、さすがに挨拶もなしでは義理を欠くと思い、迷った良介は、とりあえず真緒の部屋の様子を窺ってみた。

(真緒さん、起きているかな)

廊下へ出ると、真緒の寝室から光が漏れている。入口の引戸が少し開いているようだ。中から静かな衣擦れの音がする。

声をかけようとした良介だったが、引戸の隙間から見た光景に息が止まった。室内で真緒は和服に着替えているところだったのだ。

(きれいだ――)

まとめ髪に襦袢を羽織る姿は天女のようだった。うどん店主の姿しか知らない良介にとって、朝の光に照らされた彼女は幻のように美しく思われた。

だが、なぜこんな早くにそんな恰好をしているのだろう。疑問に思った彼の目にとまったのは、タンスの上にある亡夫の位牌だった。

(そうか。亡くなった旦那の墓参りにでも行くのだな)

昨夜の拒絶が記憶に蘇る。やはり黙って出て行こう。

(さようなら)

結局、良介は声をかけることなく、部屋に戻ると置き手紙をしたため、真緒に気付かれないよう荷物を持ち出し、路上でタクシーを拾った。

「京都駅までお願いします」

「はい、京都駅までですね」

運転手が復唱し、タクシーが走り出す。

みるみるうちにうどん店が遠ざかっていく。これでいいのだ。京都で得るものは多かった。今回は東京からうるさい横槍も入らず、おかげで新メニューの構想もいろいろと固まってきた。

人との出会いも多かった。ＦＭＤＪの佳波、漆器職人の映見、女子大生の雛乃に、悠里・摩耶・京の横山三姉妹。それぞれに食の思い出があり、肉を交えた記憶も決して忘れないだろう。

そして、何より真緒と一つ屋根の下で過ごした日々。偶然の出会いから民泊させてもらうことになり、真緒が突然倒れるというハプニングもありながら、彼女は良介が料理を志した頃の初心も思い出させてくれた。

（真緒さん――）

まぶたの裏に浮かぶのは、四十路熟女が懸命に働く後ろ姿であり、一緒に食卓を囲んだときの心安まる笑顔だった。

思い余ってキスしたときのしっとりした唇の感触も忘れられない。

「……運転手さん、悪いんだけどさっきの所まで戻ってもらえないかな」

「え。まあ、構しませんけど……」

運転手は一瞬とまどうだけで、すぐに車を反転させる。

「お客さん、なんや忘れもんでもしはったんですか？」

「うん、まあそんなところ」

タクシーはすでに京都駅近くまで来ていたため、運転手は訊ねたのだろう。

だが、良介自身にもよく分かってはいなかったのだ。ただ、このまま真緒と顔も会わさずに去ってはいけない気がする。

まもなく車はうどん店の前に着いた。

「お客さん、よかったらこのまま待っていましょうか」

運転手が気を利かせて言うが、良介は財布を取り出しながら答える。

「いや、いいんだ。精算してください」

「そうでっか。分かりました」

良介は手早く精算を済ませると、車を降りてうどん店の前に立った。


勝手口は良介が出て行ったときのまま開いていた。

(俺は何をしようというんだ)

自分でも分からない。ただ衝動に任せて彼は階段を駆け上がる。

すると、二階でも足音に気付いたのだろう。着物姿の真緒が飛び出してきた。

「良介さん――」

「真緒さんっ」

良介が抱き留めると、真緒は思いの丈(たけ)をぶちまける。

「アホウ、なんで黙ったまま出て行くんや」

「ごめん」

「ごめんやあるか――目ぇ覚ましたら、紙切れ一枚残して。いけずやわ。こんなんされて、てっきりうち……うち……」

「悪かった」

真緒の意外な激情に、良介は胸を詰まらせる。抱きしめる腕に女の温もりが伝わってきた。

「真緒さん、黙って行ったりしてごめんよ。どうしてもこのまま東京へ帰ることなんかできないと思って、戻ってきたんだ」

「良介のアホ」

涙声になる真緒の口調は和らいでいた。良介は彼女の顔を上げさせると、まだ怒りと寂しさに震える唇に自分の唇を重ねる。

「ん……」

キスしたとたん、真緒はホッとしたように体の力を抜いていく。

「真緒さん、好きだ。どうしようもなく好きなんだ」

「うちも――」

見つめ合い、熱い瞳で思いを通わせると、また唇を押しつける。

やがて今度は真緒から舌を伸ばしてきた。

「んふぁ……レロ……」

「真緒……レロッ」

たっぷりと唾液をたたえたそれを自分の舌で受け止める。

一度別離の悲しみを味わった分、燃え盛るのも早かった。二人は抱き合い、舌を絡め合いながら、おのずと寝室の中へなだれ込む。

「ああっ、良介さん――」

布団は、まだ畳まれてはいなかった。男女はそこに重なるように倒れ込み、劣情に駆られて互いの服を脱がし合う。

「真緒さん、真緒……」

結局、思いは一つだったのだ。良介は呼吸を荒らげながら、着物の袷（あわせ）を乱暴に押し拡げる。

「ああ、良介」

もはや真緒も抵抗しない。前をはだけられても、隠すつもりはないようだった。

熟女の柔肌が、惜しげもなく晒されていた。

「きれいだ、真緒」

「ああ……」

恋い焦がれていた女の乳房をついに開陳させる。ノーブラの乳房はたわわに揺れ、乳首は成熟した尖りをピンと勃てていた。

良介は無我夢中でそこにしゃぶりつく。

「びしゅるるるっ、ちゅばっ」

「はうっ……あっ……」

とたんに真緒はビクンと跳ね上がり、彼の頭を抱きかかえるようにした。

良介は口の中で乳首を転がし、吸いたて、歯を立てた。

「ハッ、ハッ、真緒――」

「んっ。ああ、うち、あかん女や」

息を上げ、身悶えながらも、真緒は自分を責めるようなことを口走る。

片手に乳房を揉みしだき、もう一方を吸うのに夢中な良介だったが、その言葉にふと彼女が未亡人であることが思い出された。

（もしかして、真緒さんはまだ――）

乳首に食らいつきながらも、良介は本能的にタンスの上を見やる。いまだ亡き夫を思う彼女はそこに位牌を置いていたのだ。

（あっ……）

ところが、驚いたことに位牌は見当たらないではないか。どこかへやったとは思えない。良介の位置からは見えないが、おそらくタンスの上に伏せているのだろう。その行為からも、四十路未亡人の葛藤がありありと窺えるようだ。

「真緒っ」

改めて愛しさが募(つの)り、良介は着物の裾を捲ると、真緒の太腿の間に手を入れた。

「あふっ、あっ……」

こちらも下着は着けておらず、秘部は溢(あふ)れんばかりに濡れている。貞操と欲望に揺れる未亡人の体は、まるでこのときを待っていたかのようだ。

良介は指を割れ目に食い込ませ、蜜壺の入口を掻き回した。

「ああん、男の人の手……あかん、こんなん久しぶりや」

真緒はうっとりと目を閉ざし、身を捩らせながら悦びに心を開いていく。

「色っぽいよ。俺、ずっと真緒が欲しかった」

良介は媚肉を弄りつつ、語りかけてキスをした。

すると、真緒は思い余ったように勢いよく舌を突っ込んでくる。

「レロッ……ふうっ、うちも――」

「俺と、したかったの？」

「あん……ん……」

返事は曖昧だったが、真緒は気持ちを行為で表わす。手を差し伸べ、お返しとばかりに彼のパンツの中に突っ込んできたのだ。

「おうっふ。うう……」

「ああ、硬い」

彼女は肉棒を逆手に握り、扱き立ててきた。しなやかに指を巻き付け、愛おしそうに亀頭をこねくり回す。

良介はパンツの中で盛大に先走り汁を吐き出した。

「俺、もう我慢できないよ。真緒が欲しい」

「うちも——きて」

返事を聞くが早いか、良介はろくに帯も解かせずに、裾を絡げて彼女の下半身を露出させた。

「ああ……」

「ハアッ、ハアッ」

続いて自分もパンツを下ろす。飛び出した肉棒は臍につきそうなほど勃起していた。

あまりの興奮にまどろっこしくなり、ズボンを膝辺りに引っかけたまま未亡人の股の間に割り込み、蜜壷にペニスを突き立てた。

「真緒おっ」

「んあぁっ」

ぬぷりと刺さった肉棒は、瞬く間に熱いぬめりに包まれる。

「おお、あったかい——」

何度心に描き、夢見たことだろうか。熟した女の体は牡の猛りをなだめるように受け止めてくれる。

かたや夫を亡くして以来、初めて男の侵入を許した真緒も身悶えていた。

「んはあっ、熱い——」

胸を迫り上げ、腰を反らして恥骨を押しつける。葛藤に悩み、抑えつけていた欲望が一気に花開いたようだった。

太竿は根元まで埋まり、ついに男女は一つになった。

「真緒さんと、ずっとこうしたいと思っていた」

「ほんま?」

「ああ。本当を言えば、道端で出会ったそのときから」

「うちのこと、そんな目で見てたんや」

「いけないかい？」

「——ううん。うちみたいなんでも、女として見られてたんやなあと思って」

見上げる真緒の瞳は潤んでいた。

「そんな……」

良介は返事に詰まる。きっと店を守ることばかり考えて、自分が女であることから目を背けていたのだろう。改めて愛おしさが胸に迫るが、年上の未亡人をうまく慰めるセリフなど出てこない。

代わりに彼は行為で気持ちを表わした。

「好きだ。真緒っ」

呼びかけるなり、抽送を繰り出した。

突然の刺激に真緒は愕然とする。

「あひっ……ああ、あかん。そない激し……はううっ」

「ハアッ、ハアッ、ハアッ」

ペース配分もクソもない。のっけから良介は無我夢中で腰を振った。どんなに激しく突き上げようとも、媚肉は全てを包み込むように受け止めてくれた。

「ああん、ハアッ、イイッ」

だが、真緒自身は悦楽に振り回され、今にも溺れそうになっている。久しぶりの感覚に酔い痴れ、うなじを上気させて荒い息を吐く。

「真緒さん、真緒、真緒っ」

「ああっ、良介えっ。うち——」

真緒は必死にすがろうと、彼の背中に腕を回してくる。

「んああっ、おかしくなってまう……」

「いいよ、おかしくなって。俺も——うおおっ」

肉と肉がぶつかり合い、ぴちゃぴちゃと水音を立てた。熟女が着乱れた和服姿で悶える様は劣情を誘い、蜜壺の中で肉棒はますます膨れ上がっていくようだ。

「あああっ、あかん」

真緒の引きつける力が強くなり、良介もたまらず倒れ、上体を密着させた。

「真緒、可愛いよ、真緒」

「可愛いなんて……良介、はむ——」

言葉の途中で真緒は首をもたげ、舌を絡めてきた。

良介も口を開き、長く舌を差しのばす。

「レロッ、ちゅるっ……ふうっ、ふうっ」

そうして互いの唾液を貪りつつも、腰の動きは止まらなかった。

「んふうっ、んっ……レロッ」

「はううっ、ちゅばっ。むふうっ」

興奮の最中、口を塞がれた状態で、しだいに呼吸が苦しくなってくる。

「ぷはあっ、ダメだっ」

ついに良介は耐えきれず、顔を上げる。

「ああ……」

唇が離れ、真緒は名残惜しげな声をあげるが、彼女もまた浅く短い息を吐いていた。

上体を起こした良介は、再び抽送の自由を得る。

「ハアッ、ハアッ、ハアッ。おおっ」

「んあっ、あっ、あふっ、イイッ」

急坂を全力で駆け上がるように、愉悦は高まっていく。

良介が腰をぶつけるたび、四十路熟女の肉が揺れる。真緒は意外と着痩せする質らしく、細面な割に、和服の裾から露出する尻肉はたっぷりと量感を湛えていた。

「あかん。ねえ、うちもう――」

やがて真緒が限界を訴えかけてくる。良介も出したかった。

「イキそうなの？　いいよ、俺もすぐ……ハアッ」

「一緒にイこ。な、ええやろ——はううっ」

「分かった。でも……ああ、ダメだ。俺もう」

「ああん、ああっ。ええよ、出して。うちの中に、全部」

真緒の喘ぎは大きくなり、布団を這う手がシーツをつかんだ。

「あかん。イク、イッてまう……はひぃっ」

「おうっ。出るっ——」

迫り上げる媚肉が肉棒を食い締めてきた。この不意打ちに良介はたまらず、無自覚なままに大量の白濁液が噴き上がる。

「あ、ああっ……」

「ひゃううっ、イクッ」

牡の精を子宮に叩きつけられ、真緒も引き攣るような声をあげて絶頂する。腰を反らし、天井を見上げて、白い喉元を晒した。

「んあっ、あっ、ああ……」

そして二度三度、ビクンビクンと体を痙攣させると、またふいに脱力してがくりと倒れ込んだのだった。

「ハアッ、ハアッ、ハアッ、ハアッ」

性急な交わりに、射精した後も良介はしばらく動けなかった。

それはまた真緒も同じことだった。

「ひいっ、ふうっ。ひいっ、ふうう……」

「真緒――」

「良介」

まだ荒い息を吐きながら、目が合った二人は唇を重ねる。

「イッてもうたわ」

「ああ。最高だったよ」

ようやく良介が離れると、捻れた花弁から白く濁った泡が噴きこぼれた。

布団に横たわる良介は、しばらく天井を見上げていた。あのまま帰京するつもりが、途中でやりきれなさを覚え、感情のままにとって返したのだ。

そして、その思いは真緒も同じだった。

(これでよかったんだ)

交情は互いに凄まじい愉悦をもたらした。だが、何か引っ掛かるものもある。

良介がふと横を向くと、真緒も見つめ返してきた。

「どないしたん？」

「ううん、何でもない」

まだ上気の跡を残す未亡人は美しかった。しかしその横顔を見つめるうちに、割り切れない感情の原因に思い当たる。

(俺は、『美味し庵』のチーフなんだ――)

分かりきっていたことではあるが、いずれ良介は東京へ戻るべき人間だった。頭の片隅にふと、このまま真緒と二人でうどん屋を営んでいく情景が浮かぶものの、それが現実的でないことくらいは承知している。

すると、ふいに真緒が話しかけてくる。

「良介さん」

「え……ごめん。何？」

良介が物思いから我に返ると、真緒は「分かっている」とでも言いたげな笑みを浮かべた。

「こうなったことで、良介さんが気に病むことはないで」

「……」

「最初にうちとこに泊める言うたのは、わたしやもん」

「でも……」

「ううん、ちゃうねん。良介さんは、なんも悪ない。一つ屋根の下に男と女が寝起きしてたら――うちかてええ大人や。いずれこんななるのは目に見えてるわ」

「それはそうかもしれない。だけど、俺は――」

良介がなおも良心の痛みを訴えようとすると、真緒は強い口調で遮った。

「あかん。それ以上言わはるなら、うちが悲しくなるだけやんか」

「そうか……そうだね、ごめん」

真緒だって分かった上でのことなのだ。冷静に考えれば当然のことだが、良介は自分の気持ちばかりにこだわっていた。寂しいのはお互い様だ。

「そやから、今は……今だけは、ただの女でいさせてぇな」

彼女は言うと、おもむろにはだけた着物を脱ぎだした。そしてやおら肉棒を捕まえてくる。

「うっ……ま、真緒さん」

「まだ、ええやろ。もう少しだけ」

熱を帯びた瞳で真緒が見つめてくる。幾久しい貞操の誓いを破り、女の悦びを呼び覚ましたせいだろうか、未亡人の顔は凄艶さを増していた。

「真緒さんっ」

良介はたまらず彼女の唇を塞ぐ。

すると、すぐにぬめった舌が応じてくる。

「んっ……良介……」

真緒の手は肉棒を揉みしだいていた。萎えていたペニスを腹のほうへ裏返し、裏筋をすり込むように扱くのだった。

「ハアッ、ハアッ」

みるみる竿が硬くなっていく。良介は息を上げながら、彼女の舌を夢中で貪った。

「みちゅ……レロッ、ちゅぱっ」

「んふぅっ、ん……レロッ」

一度目は刹那（せつな）の激情から交わった。二度目は、別離の覚悟をまっすぐ見据えて互いを求める。

「ちゅぱっ。ふうっ、真緒……」

「んふうっ、ああ、良介」

念入りに唾液を交換し合っていたが、やがて真緒が顔を上げた。

「良介さんのこれ——思い出にちょうだい」

彼女は言うと、体を下げて良介の股の間にうずくまる。

「エッチなオチ×チンやわ。とってもええ匂い」

「ううっ、真緒さんの顔もいやらしい」

水仕事をする両手が、肉棒の根元を支えるようにつかんだ。真緒は顔の前にそれを押し立て、舌を伸ばすと裏筋をつつと辿る。

「レロ——」

「はうっ、おお……」

凄まじい戦慄が良介の背中を走る。舌先で軽く触れられただけなのに、まるで全身を揺さぶられるようだった。

真緒は舐めあげていた舌を今度はカリ首周りに這わせる。

「んー、ああ、硬くなってきた」

「ハアッ、ハアッ。うう、真緒ぉ……」

舌先はぐるり一周すると、透明汁を浮かべる鈴割れをつついてきた。

良介は腰から下が蕩けそうになる。

「がはっ……ああ、ダメだ。舐められるだけで」

痛いような、くすぐったいような、なんとも言えない快感が襲ってくるのだ。良介は我知らず欲しがるように腰を浮かせてしまう。

真緒もまた、彼の反応を見て満足しているようだ。

「こない元気になってくれはって、うれしいわ。大好きや」

「ううっ、俺も——俺も、真緒さんがたまらなく好きだ」

「ああん、もう辛抱できひん。食べちゃう——」

真緒は言うと、口を開いて太茎をひと息に呑み込んだ。

「はううっ、真緒ぉっ……」

媚肉とは違う、口の粘膜が温かく肉棒を包んだ。単純な触感ばかりでなく、さっき蜜壺に挿入したばかりの、まだろくに乾いていないペニスを、ためらいもなく咥える未亡人の淫靡さにも興奮を煽り立てられる。

身を伏せた真緒は、深いストロークを始めた。

「んぐちゅ、ぐちゅっ、ちゅぼっ」

「ハアッ、ああ、気持ちよすぎる」

「んーっふ、んんっ——良介のオチ×チン、おいひ……」

ときおり淫語を交えながら、真緒は一心不乱に肉棒をしゃぶった。昨日までの貞淑な未亡人の姿は微塵(みじん)も感じられない。宣言通り、今の彼女は欲望に飢えた一人の女になっていた。

「ハアッ、ハアッ、ハアッ。ああ、真緒さん」

熟女の舌使いは巧みで、良介は身悶えることしかできない。竿肌を舐めあげられるたび、後頭部を殴られたような愉悦の衝撃に襲われる。

真緒は執拗にしゃぶり続けた。

「んはあっ。今度はこっちも気持ちよくしてあげる」

咥えていた肉棒を手に持ち替えると、彼女は股ぐらに顔を突っ込んで、おもむろに陰嚢を口に含む。

「びじゅるっ、じゅるっ、ずぱぱっ」

「うっ……うぐぅ」

精子袋を力任せに吸いたてられ、思わず良介は呻く。

彼女は袋をすっぽり口に含み、両の玉を舌で転がすように愛撫した。

「んぐ、んん、じゅるるっ」

「ハアッ、ハアッ、ハアッ」

同時に竿も扱かれているのだ。みるみるうちに肉棒は硬度を増し、青筋を立てて勃起していた。

　すると、ふいに真緒はしゃぶるのを止め、顔を上げた。

「うちもたまらへんようなってきた。このまま挿(い)れてええ？」

「ハアッ、ハアッ。うん……」

「良介さんは、そのままでええよ。うちが上になるさかい」

　覚悟を決めた女の大胆さには目を瞠(みは)るものがある。真緒は返事も待たず、身を起こして彼の上に乗っかってきた。

　見上げる熟女の肢体は股間を刺激した。

「きれいだ、真緒さん」

「ほんま？　ウソでもうれしいわ」

　真緒は艶然と微笑み、身を屈めて彼にキスをする。

「ウソでもお世辞でもない。だってほら、俺のこれが証明しているじゃないか」

　良介は目線でおのれの股間を示す。唾液に塗れて光る肉棒は反り返り、青筋を立てていた。

「ほんまや。そやけど、うちも負けへんくらいびしょびしょやねんか」

「おいで」

「うん――」

　真緒は頷くと、膝立ちで腰を持ち上げ、ペニスを逆手につかんで身構える。それから花弁に二、三度擦りつけると、おもむろに尻を沈めてきた。

「あふっ……ああ、入ってきた」

「おおっ、ヌルヌルだ」

　ずっぽりと埋もれた肉棒は、悦びに漲っていた。媚肉は柔らかく、一度目に挿入したときよりも、さらにこなれているようだった。

　やがて真緒がゆっくりと尻を上下させ始める。

「あんっ、あっ。これ、イイッ」

「ハアッ、ハアッ。おお、気持ちいい」

「あふっ……奥まで届く」

「うん。奥まで――ううっ」

「先っぽが……オチ×チンの先っぽが、当たってるの分かる？」

「うん、プリプリしたのが……ふうっ、うう」

　静かに波がたゆたうような、大きくゆったりとしたグラインドは、互いの性器が触れあう感覚を鋭く呼び覚ました。

真緒は良介の腹に両手を置き、腰を後ろへ引くようにして出し入れする。

「あーん、ハァン、こんなんたまらんわ」

「俺だって……ハアッ、ハアッ。なんていやらしいオマ×コなんだ」

「あっ。ふうっ……良介さんがそないなこと言うから、奥が痺れてまうやんか」

「ああ、このきれいな体を全部俺だけのモノにしたい」

「ああっ、良介ぇっ」

彼の言葉に反応するように、突然真緒のピッチが上がる。

「んああっ、ハアッ、ハアッ、ああん」

「おうっ……どうしたんだ、真緒いきなり」

ヌルヌルの襞肉が太竿を激しく舐め擦る。良介は全身の神経が快楽に占拠されたように感じた。

「はううっ、真緒ぉ……」

息は上がり、おのずと腰が浮いてしまう。

真緒もまた、背中を反らしぎみにし、摩擦運動に夢中になっている。

「ああっ、イイッ。ハァン、ああっ」

髪を振り乱し、熱い息を盛んに吐く。冬だというのに、肌はしっとりと汗に濡れ、四十路の肉体をわななかせている。

ゆっさゆさと揺れる乳房が、良介の視界に飛び込んでくる。

「真緒おっ」

彼はたまらず起き上がり、片方の乳房に顔を埋めていた。

「びちゅるっ、ちゅううぅ」

「はぅん……」

男に吸われ、真緒は喘ぐ。一瞬だが、腰の動きもおろそかになったほどだ。

しかし、すぐに悦楽が増しただけだと気付き、さらに尻を打ち据える。

「ああっ、ハアッ。あかん……」

「むふうっ、ふうっ。ちゅうう」

いまや良介は真緒をかき抱き、奥を突こうと懸命に腰を揺さぶっていた。

こうして知らずのうちに、二人は対面座位になっていた。

「ぷはっ——ハアッ、真緒……」

体勢のきつくなった良介は顔を上げて、真緒と正面から向かい合う。

「ああっ、良介。キスして」

真緒は目をトロンとさせてキスをせがむ。

双方から吸い寄せられるように唇が重なり、互いの口中で舌が絡んだ。

「びちゅるっ、ちゅるっ、レロッ」

「はううっ、レロッ。みちゅう」

上下とも、唾液と愛液が混ざり合い、搔き回されていた。

ふと良介が舌を細くして突き出すと、真緒は口をすぼめてフェラするように吸いたてた。

「んふうっ、じゅるっ、じゅるるっ」

なんてエロいんだ。良介は間近に真緒の顔を眺めながら、普段とのギャップに興奮する。美熟女の淫靡を貪るさまは美しく、尾てい骨の辺りからムズムズするような悦びが肉棒めがけて駆け抜ける。

だが、まもなく真緒が訴えてきた。

「ねえ、もうあかん。うち、堪(こら)えられへん」

神経組織が快楽に冒され、座位が耐えられなくなっているようだ。

「分かった」

察した良介は答えると、彼女の膝裏をすくい上げるようにして、後ろへ押し倒していった。

「ああ……」

脚を伸ばすと同時に、真緒は背中から布団に倒れていた。

覆い被さった良介は、上気した真緒を見下ろして言う。

「真緒さんのこと、絶対に忘れないよ」

「うちも。良介さん――」

しかし、彼女が言い切らないうちに、良介は腰を動かしていた。

「ハアッ、ハアッ。ぬあ……真緒ぉ」

「んあ……あふっ、良介ぇ」

正常位になり、改めて良介は蜜壺を抉る。

「ハアッ、ハアッ、ハアッ」

「ああっ、あんっ、ハアアァ……」

結合部からぬちゃくちゃと湿った音が鳴る。媚肉はグズグズに蕩け、花弁は充血し肥大していたが、抽送に夢中な二人は気付く由もない。

良介は当初、両手を彼女の体の脇に突き、覆い被さる形で腰を振っていたが、やがて腕が痺れてきた。

「くはあっ――」

そこで体勢を変えるため、上体を起こし、太腿を抱えて抽送を続けた。

だが、この苦し紛れの変更が、快楽をより深くする。

「ぬはっ。おおっ、深く入る」

「ンハアッ、あかん。おかしくなっちゃう……」

挿入の角度が変わったせいか、真緒はてきめんに反応した。顎を思い切り反らし、耐えるように腰を浮かせて呻くのだ。

「ハアッ、ハアッ、ハアッ、ハアッ」

「ああっ、んふっ、んんっ、あああっ」

もはや肉棒と蜜壺は、融けて一体となってしまったようだった。どちらがどちらに快楽をもたらしているのか、分からないほどだ。

「うはあっ、おおっ。ハアッ、ハアアッ」

肉棒を抉り込んでいるはずが、いつしか自分が抉られているようにも感じる。

「んああっ、ええっ。はひぃっ、ああん」

かたや真緒も、顔を紅潮させて牡を受け入れながら、自分が相手を貫いているように感じているのかもしれない。

深く浅く、ときには速く、緩急をつけて抽送は繰り出されていた。

真緒は目を開き、良介を見上げるものの、視点はどこにも定まっていないようだ。

「ああ、あかん。どこかに飛んでいきそうや。しっかり捕まえといてぇな」

「大丈夫、捕まえているよ。真緒を離したりしない」

「うれしい――この時が永遠に続いたらええのに」

「真緒……」

彼女の言葉に良介は胸が一杯になる。セックス中の睦言と片付けてしまえばそれまでだが、悦楽に溺れ、理性が働いていないからこそ、秘めた本音がつい漏れてしまったともいえる。

だが、永遠に続くものなど何もない。抽送に夢中な良介にも分かっていた。だからこそ、この瞬間を大切にしたい。

「真緒、愛してる」

「ああ、うちも。うちも良介のこと――ああっ」

真緒の返事は喘ぎとともに尻切れになる。

言うつもりはなかった――良介は密かに悔やむ。別れを前提にしながら、愛を口にするのは卑怯なことに思えた。

だが、肉棒は媚肉の悦びを求めていた。

「ハアッ、ハアッ。ぬおぉ……」

「ああっ、はううっ……あふうっ」

真緒は背中を反らし、苦しそうに喘いだ。きっと彼女も分かっているのだ。肉体を通じて心は通じ合っていた。

「あかん。もうほんまに……ああっ、イキそうや」

「俺も……ハアッ、俺ももうすぐ。だから――」

「二人で一緒にイこうな」

「ああ。一緒だよ」

愛おしさと切なさに駆られて、良介は身を伏せて真緒を抱きしめる。

「真緒おおっ」

猛然と腰を振りたてると、組み伏せられた真緒も身悶える。

「はひっ。そない……んああっ、激しすぎる」

「真緒おっ、真緒おっ」

理性などどこかへ消し飛んでいた。肉棒は際限なく膨張するように感じられた。蜜壺からのぬめりは溢れ、掻き回されて、白い泡となって噴きこぼれる。

「ハアッ、ハアッ、ハアッ、ハアッ」

「あんっ、あっ、ああっ、ええっ」

抽送は小刻みになり、肉体の限界まで速さを増していく。

真緒の呼吸はさらに苦しそうになっていった。

「はううっ、んあっ。イクッ、イッてまうぅ」

意識が飛びそうになるのだろうか、彼女は何かにすがろうとでもいうように、広げた太腿を締めつけてきた。

「ぬあぁあっ……」

良介は呻く。太腿の締めつけで、より深く押しつけられた恰好になったからだ。それでも彼女を欲する気持ちに変わりはなく、奥の奥までおのが肉棒で満たそうとする。

「ううっ、たまらん。いくよ」

彼は言うと、強引に脚を開かせ、裏返すように持ち上げた。

「あひぃっ、良介――何するの」

「真緒の、全てが欲しいんだ」

良介は言って、真緒にのしかかった。マングリ返しだ。再び顔と顔が正面から向き合う形になる。

「きれいだ、真緒」

「ああっ、好きや。うち、良介が好きや」

うわごとのように吐き出す真緒。愉悦に我を忘れ、秘めた思いが漏れ出てしまったのだろう。それだけ聞けたら十分だった。

「真緒おおおっ」

これが最後とばかりに叫ぶと、良介は滅茶苦茶に肉棒を叩きつける。

下肢を宙に浮かせた真緒には為す術もない。

「んはあああーっ、あかぁぁぁん」

「くはあっ、出るっ。出るよ」

「イッて。うちも——あああっ、イクーッ」

一瞬息を呑んだ真緒は、次の瞬間白目を剥いて絶頂を叫んだ。

同時に起こった蠕動(ぜんどう)に太茎が襲われる。

「ぐはっ……出るっ」

まるで全身の血液が流れ出すかのようだった。白濁液はダムが決壊したかのごとく勢いよく迸った。

「ぐふうっ、うおっ」

「はうぅ、イイッ」

実際にはほんの一瞬なのだろうが、絶頂は果てしなく長く続くように感じられた。真緒は苦しい姿勢ながらも、二度、三度と体を震わせ、悦楽の頂点を繰り返し味わっているようだった。

「ああ……イイ……」

劣情の時がようやく過ぎ去ると、真緒は脱力したようにぐたりと横たわった。白い内腿には、白く濁った交情の跡が流れ落ちていた。

その後、良介は新幹線で一路東京へと向かう。真緒は別れ際に手土産をくれた。「ちりめん山椒（さんしょう）」だ。

「ビールをください」

車内販売で缶ビールを買うと、良介はちりめん山椒をつまみに飲み始めた。みりんで煮付けた甘さに、山椒のピリリと辛い味を噛みしめる。

「美味いな」

だが、一番の土産といえば、やはり真緒と過ごした日々であり、教えてくれた出汁の味であった——。

エピローグ

役員会議を終えた優子は、浮き立つ心を抑えきれない。

「人事部長の奴め、目にもの見せてくれたわ」

人目を忍ぶように、コソコソと部署へ戻る人事部長を尻目にひとりごちる。

そこへ声をかけてきたのは、経理部長と営業部長の二人だった。

「高垣さん、会議でのプレゼンお見事でした」

「うちも人事には泣かされましたからね。いやあ、スッキリした」

「ありがとうございます。ご両名の力添えなくしては不可能でしたわ」

前回の役員会議では、人件費増大の原因を商品開発部のせいだと糾弾されたが、実際はそうではないことを優子は分かっていた。だが、とっさのことでデータが揃わず、言い返すことができなかったのだ。

その後、優子は営業部と経理部を抱き込み、商品開発部から新メニューが出た数と売り上げの相関データを用意した。これを今回の会議で人事部長に突きつけたわけである。結果は完勝だった。

「ではこれで失礼します。今後ともよろしく」

優子は両部長と別れると、商品開発部フロアへ向かう。

そもそも人事部長の狙いは、最初から明らかだった。谷崎室長の引退により、商品開発部が弱体化したと思い込んだ人事部長は、この好機に口うるさい優子を追い落とそうとしていたのだろう。

だが、その目論見は脆くも潰えた。第一、谷崎時代と現在の寺井チーフ体制を比べても、メニュー数、売り上げとも遜色ないことは彼女には分かっていた。

「あたしの目が黒いうちは、あんなタコ助なんかに文句は言わせないわ」

一方、チーフとしての良介に対しては不満もあるのは事実だった。部署全体をとりまとめるのは彼女だが、現場であるキッチンの要となるのは彼でなくてはならない。

ところが、現実の良介はチーフとしての自覚が足りないようだった。

（腕は十分あるんだけどね……）

人事部長が思い込みで間違えたように、良介は谷崎というレジェンドの巨大な影に怯えているだけなのだ。

そこさえ克服できれば、能力を発揮できるはずなのだが――優子はその思いから今回の京都出張を命じ、途中経過も一切問い合わせることはしなかった。その成果は現れただろうか。

商品開発部のキッチンでは、良介が新メニュー作りに勤しんでいる。周りには部下たちが取り囲み、チーフの一挙手一投足を見守っていた。

京都出張から帰った良介が現れたとき、翔は気まずそうにしていた。ホテルの予約をし忘れたことに気がついていたのだろう。

しかし、良介は彼を叱らなかった。ミスは誰にでもあることだ。それよりも本分である料理を通じて、何かを感じ取ってほしいと思ったのだ。

(谷崎室長もそうだった――)

師匠の影を心に浮かべ、良介は京都で学んだことを料理にぶつける。

仕上げに菜箸で丁寧に盛り付けをすると、ようやく息をついた。

「これで完成だ。さあ、みんな試食してみてくれ」

良介が言うと、周りの部下たちは口々に「いただきます」と言いながら、手に手に器を取る。

と、そこへ顔を出したのは優子だった。

「あら、ちょうどいいタイミングだったみたい。あたしもいただくわ」

「あ、部長。ただいま戻りました」

気付いた良介が挨拶するが、優子はそれには取り合わず、渡された器を覗く。

「へえ、見た感じはいいじゃない。京都に行った甲斐があったかしら」

「走りのタケノコを使ってみました」

「卵でとじたのね」

「ええ。京都ではいろいろな料理で見かけたものですから」

良介は答えながらも、思い浮かぶのは真緒のうどんだった。激しい交情を重ねた後、別れは意外とあっさりしたものだった。

『良介さんは未来のあるお人や。余計なこと考えんと、東京で今のお仕事をがんばるんやで』

真緒はそう言って、後ろ髪を引かれる彼の背中を押してくれたのだ。自分の感情を押し殺してでも、相手を思いやる気持ちが痛いほど伝わってきた。

(真緒さん――俺、がんばります)

今回の新メニューには、未亡人へのそんな思いも詰まっていた。

「ところで、この上に乗ってるあしらいは何かしら？」

優子の問いかけに、良介は我に返る。

「花梅です。今回は彩りに紅梅をあしらってみました」

花梅は、枝に小粒の梅の実がいくつも付いた飾り物である。縁起物とされ、料理の彩りとして添えられることが多い。

「ふうん。ま、ともかくいただいてみましょう」

部長の優子が箸をつけるのを見て、ほかの連中も一斉に料理を口に運んだ。良介は固唾を飲んでその様子を見守る。

すると、優子は一つ頷き言った。

「うん、上品だけどタケノコの味がよく出ているわ。お出汁が利いていて——こういうの、なんて言ったらいいのかしら」

言葉を探す優子に対し、発言したのは翔だった。

「見た目といい、すごく色気がありますねえ」

「そうそれ。色気があるわ。翔くん、いいこと言うじゃない」

「いえ、寺井チーフの腕がすごいんですよ。尊敬しちゃうな、俺」

翔の場合、多少のお追従はあるだろうが、表情からすると、言葉にウソはないようだった。

「恐れ入ります。勉強させてもらった甲斐がありました」

深々と頭を下げる良介は、つくづく報われた思いがする。

すると、優子は全員に向けて言った。

「これからも寺井チーフを筆頭に、ガンガン新メニューを出していくわよ。『美味し庵』の未来を担っているのは、あたしたち商品開発部だってことを見せてやりましょう」

「はい！」

部下たちは声を揃えて返事する。チームが一丸となった瞬間だった。

このとき良介はふと気付いた。おそらく優子は最初から彼がチーフとして行き詰まっているのを見て、あえて突き放すような真似をしたのかもしれない。

そう思うと、翔のミスも、あるいは優子の企みだったのかもしれないが、それを今さら確かめようとも思わない。いずれにせよ、優子にはまだまだ敵わないと思い知るばかりだった。


（了）

※本作品はフィクションです。作品内に登場する
団体、人物、地域等は実在のものとは関係ありません。

つゆだく食堂(しょくどう)　京都(きょうと)の雪肌(ゆきはだ)

〈書き下ろし長編官能小説〉

2020年2月17日初版第一刷発行

著者……………………………………………伊吹功二

デザイン………………………………………小林厚二

発行人…………………………………………後藤明信
発行所……………………………………株式会社竹書房
〒102-0072　東京都千代田区飯田橋2－7－3
電　話：03-3264-1576（代表）
03-3234-6301（編集）
竹書房ホームページ　http://www.takeshobo.co.jp
印刷所……………………………中央精版印刷株式会社

定価はカバーに表示してあります。
乱丁・落丁の場合は当社までお問い合わせください。
ISBN978-4-8019-2174-0 C0193